N°41
LES ROMANS POPULAIRES
20c
G. de WEEDE
L'USURPATEUR
5 Rue Bayard PARIS

COLLECTION DES ROMANS POPULAIRES

L'Usurpateur

PAR

Gaspard de WEEDE

PARIS, 5, rue Bayard, PARIS

L'USURPATEUR

I

Narcisse Liégaut signa le document, de sa grosse écriture, massive comme sa personne.

L'homme d'affaires prit le papier timbré, l'examina, le retourna, déclara d'un air satisfait :

— Vous voilà propriétaire à bon compte d'un assez bel immeuble. Quarante mille francs pour des bâtiments qui en valent quatre cent mille au bas mot. Ce n'est pas trop mal!

Il rit et se frotta les mains.

Narcisse Liégaut eut un sourire ambigu sur sa figure commune et rougeaude, encadrée de courts favoris grisonnants. Il dit, de sa voix grasse aux intonations vulgaires :

— Ça me connaît un peu, le bâtiment, vous savez! Depuis le temps que j'en bazarde! que je démolis des maisons pour en reconstruire d'autres! que je fais du neuf avec du vieux! Mais ces murs-là, ce n'est pas pour les abattre!

— Ah! je pense bien! s'écria l'homme d'affaires. Ce serait trop dommage. Une abbaye du plus beau style ogival flamboyant, érigée en 1444 par Jean II, seigneur de Montmorency, en acquittement d'un vœu, et donnée par lui aux moines noirs de Saint-Benoît! Fichtre! je me doute bien que vous ne raserez pas ça.

— Non, fit Narcisse dans une soudaine explosion de confidences, non, je vais vous dire, c'est pour faire plaisir à ma fille. Elle est artiste jusqu'au bout des ongles, cette mâtine-là. Elle passe tout son temps à gribouiller des dessins, à barbouiller des peintures. Elle pourra s'en donner à cœur-joie là-dedans. Et puis moi, vous savez, ça me sera commode, vu que j'ai mes chantiers à Clichy et mon logement aux Batignolles ; je gagnerai facilement la route de Compiègne, et, avec mon auto, il ne me faudra pas longtemps pour être rendu à Pontarmé.

— Et avec très peu de frais d'aménagements, vous y serez merveilleusement installé, reprit, avec une complaisance obséquieuse, l'homme d'affaires.

— Oh! les aménagements! ça me connaît!

Tous les deux se mirent à rire de nouveau et se serrèrent la main avec beaucoup d'effusion et un petit signe particulier qui les faisait se reconnaître mutuellement pour des membres de la même Société secrète.

Mais l'homme d'affaires était, dans la franc-maçonnerie, un bien plus grand personnage que le riche entrepreneur.

Narcisse Liégaut ne s'était mis d'une Loge que pour faire « comme tout le monde », parce qu'il était un arriviste, et se tournait volontiers du côté où soufflait le vent.

Mais Narcisse, dans le fond, ne se souciait pas plus de la franc-maçonnerie que de toutes les religions passées, présentes et futures. Narcisse ne croyait à rien qu'à lui-même et à sa fortune. Fils de ses œuvres, travailleur infatigable, il se vantait d'avoir conquis sa situation « à la force du poignet ». Car il avait commencé par gâcher du mortier. Puis une inspiration géniale lui avait fait épouser, très jeune encore, la fille d'un petit entrepreneur en complète déconfiture, dont il avait relevé le crédit avec une prodigieuse entente. Maintenant quinquagénaire, il se voyait à la tête d'une des plus importantes maisons de la capitale, en son genre.

Apre au gain, dur pour lui-même, amassant l'or pour le plaisir de thésauriser, peut-être un peu aussi pour la satisfaction « d'épater le public », l'entrepreneur, personnellement, n'éprouvait aucun goût pour le luxe. Même, rien ne le satisfaisait plus que d'aller manger une soupe à l'oignon et une douzaine d'escargots de Bourgogne dans un cabaret, avec ses terrassiers et ses charretiers.

Mais pour ses enfants, pour sa fille surtout, Narcisse ne trouvait jamais rien de trop beau. Il avait fait élever Gaétan à Rollin, Simone chez Mme de Sainte-Euphémie, personne extrêmement élégante qui tenait, dans le quartier Beaujon, un pensionnat spécialement fréquenté par les filles de marchands de porcs de Chicago, désireuses de s'initier aux raffinements de la civilisation parisienne. Narcisse avait pensé que son héritière aussi avait besoin de s'initier à bien des petits usages du monde, qu'il ignorait totalement, pour sa part. Il tenait à ce que sa fille fût « une jeune personne accomplie » et n'avait reculé devant aucune dépense pour parvenir à cet heureux résultat.

C'était en l'honneur de Simone encore qu'il venait d'acquérir l'abbaye de Pontarmé. Ce n'était pas pour Gaétan. Ce jeune homme, qui atteignait sa grande majorité, ne se plaisait qu'à Paris, ne comprenait pas qu'on pût vivre en dehors de l'atmosphère fiévreuse du boulevard. Simone, au contraire, mourait d'envie, depuis longtemps, d'avoir « une propriété à la campagne ». D'abord, toutes ses amies de pension lui ressassaient les oreilles de leurs châteaux, chalets ou villas. Et puis ses instincts artistiques la portaient à goûter les beautés de la nature.

Narcisse pensa que ce bijou d'architecture, enchâssé dans le cadre royal d'une des plus belles forêts de France, agréerait à l'héritière de ses millions, et il se fit une fête de l'acquérir en secret pour la surprendre.

Notre-Dame de Pontarmé ne jouissait pourtant pas d'une bonne réputation dans le monde interlope des marchands de biens d'Eglise.

Achetée d'abord par un industriel, au lendemain des expulsions, elle ne lui avait pas porté bonheur. Cet homme s'était imaginé d'y établir, à grands frais, une féculerie où il s'était ruiné. Au moment d'être déclaré en faillite, il avait perdu la tête et s'était pendu, disait-on, à une gargouille de la chapelle.

Après cela, nul dans le voisinage ne se souciant de prendre la succession de ce premier intrus, l'abbaye, déshonorée, était demeurée longtemps déserte.

Déjà elle menaçait de tomber en ruine, quand un excentrique Anglais, fort amateur de sport, s'en était enthousiasmé, à cause de sa situation surtout, et l'avait restaurée magnifiquement dans l'intention d'y donner de grandes fêtes cynégétiques. Mais l'Anglais, six semaines après avoir pris possession de l'abbaye, se cassait la tête en roulant dans un fossé avec son cheval, un soir de chasse à courre.

Dix-huit mois s'étaient écoulés depuis cet accident funeste, dont Narcisse ne faisait que rire, en haussant les épaules, mais qu'il se proposait, néanmoins, de ne point raconter à son fils ni à sa fille. Sait-on jamais quelles sottes superstitions peuvent se loger dans d'aussi jeunes cervelles? Non que Gaétan, par lui-même, fût fort enclin à s'impressionner de présages, mais le gaillard serait bien capable de se divertir à épouvanter sa sœur, nature délicate et volontiers romanesque. Tout le plaisir promis s'évanouirait en fumée. Et Narcisse aurait dépensé quarante mille francs « pour des prunes ».

L'entrepreneur méditait sur ces choses, en roulant dans son landaulet vers la rue Legendre, où se trouvait son domicile.

Simone, toujours Simone, avait choisi là, au sortir de pension, un grand premier étage, dans un de ces vastes immeubles, tout battant neufs, qui ressemblent si fort à des *palaces-hôtels* et si peu à des logis familiaux. L'appartement, meublé à forfait par un tapissier en renom, complétait l'illusion fâcheuse, avec son grand salon Louis XIV, sa salle à manger Henri II, le bureau Empire du papa et la chambre Trianon de Mademoiselle.

Mais le petit salon sauvait le reste. Simone se l'était réservé et y avait établi son atelier à sa mode, tel qu'elle comprenait le nid destiné à voir éclore ses productions artistiques. Le goût, heureusement, était inné chez elle, car rien de ce qui l'entourait depuis son enfance n'aurait été capable de lui en inspirer l'ombre.

Justement, la jeune fille se trouvait dans son atelier, en train de peindre une touffe d'œillets roses baignant dans un cornet de Venise, quand son père arriva en coup de vent, triomphant et jovial.

— Bonjour, gamine! Sais-tu d'où arrive ton brave homme de père?

Simone, sans se déranger, tourna vers Narcisse le regard clair de ses yeux interrogateurs.

— De chez le notaire, gamine! cria-t-il, en se laissant choir dans un vieux petit fauteuil. Je viens de me payer un beau domaine!

— Un château? s'écria Simone, déjà toute rouge de plaisir.

— Mieux que cela : une abbaye! Notre-Dame de Pontarmé!

— Oh! que ce sera charmant!

Tel fut le cri du cœur de Mlle Liégaut. Hélas! elle ne sentait pas l'ironie cruelle, sacrilège de la phrase : « J'ai acheté l'abbaye de Notre-Dame! » Cela signifiait seulement pour l'inconsciente : j'ai acheté une vieille propriété très curieuse. Une abbaye, pour elle, ce n'était qu'un monument de l'antiquité, à la façon d'un temple grec ou d'un cirque romain. Elle ne voyait, dans l'acquisition paternelle, qu'une séduisante perspective d'agencements pittoresques, de poétiques tableaux de ruines au clair de lune.

Et, tout de suite, les questions se mirent à pleuvoir, et il y eut, entre Narcisse et sa fille, une longue causerie animée sur la « bonne affaire » qui les enchantait tous les deux.

Simone ne ressemblait point à son père. Sans doute tenait-elle de sa mère, moins commune que le gros homme, sa silhouette élancée, ses attaches fines, la douceur pensive, un peu triste parfois, de son joli visage. A peine se souvenait-elle de cette mère, créature effacée et timide, que terrorisait son mari. Elle ne se doutait pas de ce qu'avait souffert la malheureuse, épousée uniquement par calcul, et, aussitôt après, délaissée et moquée par ce mécréant de Narcisse, à cause de ses habitudes pieuses, qu'il qualifiait cyniquement de « bigoteries grotesques ». Mais Simone avait hérité, sans le savoir, de bien des tendances de sa mère, en même temps que de la ténacité au travail et de l'esprit de domination paternels.

Tout autre que la jeune fille était son frère aîné, Gaétan. Celui-ci ne semblait avoir pris que les défauts de ses père et mère : une fatuité ridicule, un prodigieux amour de l'argent, et « pas plus de volonté qu'une *chiffe* », disait avec désespoir l'entrepreneur.

Comme beaucoup de ses pareils, Narcisse aurait éperdument souhaité voir son fils unique monter d'un cran au-dessus de lui l'échelle sociale. Narcisse était devenu entrepreneur ; il voulait Gaétan architecte ; mais Gaétan ne s'y prêtait guère. Ce jeune homme, après des études pitoyables, avait bien consenti à entrer dans le cabinet d'un fameux architecte, où on l'employait à copier des épreuves, par considération pour son père, et sans l'ombre de rémunération. Mais il y avait loin de cett-

situation infime à la gloire rêvée d'un diplôme à l'école des Beaux-Arts. Narcisse, d'abord, en avait conçu un désespoir violent. Puis, à l'accoutumance, il en avait pris son parti, s'était habitué à considérer son fils comme un raté, comme un de ces jeunes imbéciles d'une espèce trop répandue, appelés « fils à papa », sans doute parce qu'ils paraissent créés et mis au monde uniquement pour dilapider les écus amassés par leur père. Et l'entrepreneur, insensiblement, avait reporté sur sa fille ses plus chères espérances.

Quand Gaëtan arriva pour dîner, ce jour-là, en retard selon la coutume, il jeta un seau d'eau froide sur le bel enthousiasme de son père et de sa sœur.

— L'abbaye de Pontarmé? tu t'es fourré cette machine-là sur les bras! Ben alors! tu n'en as pas fini! Je la connais. Des copains m'y ont amené souper aux lanternes vénitiennes, le soir du dernier Derby de Chantilly.

— Ah! que cela devait être délicieux! s'écria Simone.

— Veux-tu parler de la friture? Elle n'était pas mauvaise. Il y a là une gargote au bord de la rivière, qui a le chic pour la friture. Mais j'aurais mieux aimé la croquer sous la tonnelle de la gargote qu'au milieu de ce cloître lugubre, avec son faux air de cimetière. Brrr! j'espère que nous n'y mangerons pas!

Simone haussa les épaules.

— Pour un architecte, mon cher, dit-elle avec dédain, tu ne m'as pas l'air d'apprécier beaucoup les charmes de l'ogival flamboyant.

— Ah! c'est de l'ogival flamboyant? Merci du renseignement, ma sœur!

Narcisse, du coup, se fâcha. Rien ne l'irritait plus que de voir son fils poser pour l'ignorance en matière de métier.

Mais Simone s'interposa entre les deux hommes. Leurs dissentiments continuels ne la touchaient pas. Ce qui l'intéressait davantage, c'était d'obtenir, de l'un et de l'autre, les renseignements les plus détaillés sur la nouvelle acquisition qui déjà la passionnait. Ils cessèrent de se disputer pour lui répondre.

L'abbaye de Pontarmé s'élevait sur les bords de la Thève, en pleine forêt de Chantilly, à proximité de Senlis, où il serait facile d'aller aux provisions. La route, pour s'y rendre, était belle, quoique « ferrée », ainsi que toutes les vieilles routes de l'Ile-de-France, généralement dénommées encore, dans le pays,

« le pavé du Roi ». L'abbaye n'était pas immense, mais de proportions parfaites. Elle avait déjà subi bien des vicissitudes et des transformations, depuis son illustre origine jusqu'à nos jours. Tour à tour prise et reprise par les protestants et les catholiques, au temps des guerres de religion, pillée en 1790, transformée en magasin d'approvisionnements sous le premier Empire, puis rendue aux moines, sous la Restauration, par le vieux prince de Condé, grand-père de l'infortuné duc d'Enghien, celui que les émigrés appelaient « notre vieux drapeau blanc ».

Cela, c'était ce que savait l'entrepreneur, ce qu'il avait appris des marchands de biens, pour le réciter laborieusement à sa fille.

Gaétan y ajouta une anecdote, dont son père se serait passé peut-être.

Lors de la dernière expulsion des moines, au milieu d'une sorte d'émeute, provoquée, disait le jeune homme, par les calotins de Senlis, un dramatique incident s'était produit : Le lieutenant de hussards, commandé avec son peloton « pour maintenir l'ordre », avait refusé de marcher contre les portes closes de l'abbaye, et il avait ramené ses hommes, laissant aux policiers et aux gendarmes le soin d'accomplir une besogne dégradante à ses yeux et incompatible, sans doute, avec ses convictions religieuses.

— Hein? crois-tu? conclut le jeune sot, fallait-il qu'il en ait une couche, le « petit bleu » galonné?

Simone répondit évasivement :

— Si c'était son idée, à cet homme? Il y a bien des Japonais qui s'ouvrent le ventre par dévotion!

L'idée fit rire l'entrepreneur:

— Ma foi, s'écria-t-il, c'est à peu près aussi absurde! Ce lieutenant-là s'est suicidé moralement! Il ne deviendra jamais colonel!

On parla d'autre chose. La jeune fille aurait voulu examiner tout de suite les plans de l'abbaye. Mais Narcisse les avait laissés chez le notaire, avec les titres de propriétés, les dernières formalités requises n'étant pas terminées encore.

— Nous irons demain à Pontarmé, déclara-t-il, c'est le plus simple. Tu verras tout par toi-même, petite, et Mademoiselle donnera ses ordres pour l'installation de son abbaye ; et la père abbé n'aura qu'à ouvrir sa bourse, acheva-t-il, avec un gros rire enchanté.

— Oh! papa, que tu es gentil!

Pauvre Simone! Elle avait été baptisée, pourtant. Elle avait même fait sa première Communion. Car Mme de Sainte-Euphémie, pour totalement *neutre* qu'elle fût, laissait pleine liberté religieuse à ses élèves. Les trois quarts des filles de marchands de porcs de Chicago se réclamaient bien, à la vérité, de toutes les sectes protestantes américaines. Mais les quelques catholiques romaines exigeaient de leur maîtresse un aumônier, qui venait régulièrement les instruire à la pension, et leur exemple avait entraîné Simone.

Mais depuis qu'elle était rentrée au foyer paternel, jamais elle ne s'était occupée de religion plus que de grammaire, d'arithmétique et de géographie. Elle n'avait plus besoin de tout cela ; elle était « hors de page ».

II

Quand Simone arriva le lendemain à Pontarmé, par une belle après-midi de fin avril, elle ne put retenir un cri d'admiration, tant la réalité dépassait tout ce qu'elle avait pu prévoir.

Le premier aspect de l'abbaye était véritablement enchanteur. Elle s'élevait, majestueuse et gracieuse à la fois, sur les bords pittoresques de l'étroite rivière ; et la masse élégante de ses pierres fouillées, patinées doucement par le temps, enlevait ses tonalités chaudes sur les sombres profondeurs de la forêt, dans une harmonie faite pour extasier un peintre.

Le père et la fille descendirent de l'auto.

Au bruit trépidant du moteur, une petite porte venait de s'ouvrir. Le gardien apparut, empressé et souriant, son trousseau de clés à la main. Cet homme logeait, avec sa femme, dans le petit bâtiment jadis réservé au Frère portier, bâtiment où tant de pauvres avaient reçu l'aumône, tant de pèlerins un affectueux accueil.

Simone jugea que les choses étaient bien ainsi, et passa outre.

On lui fit voir d'abord le cloître, rectangle parfait, dont toutes les délicieuses colonnes étaient intactes. Des mains sacrilèges avaient abattu le calvaire central et arraché les modestes croix de bois marquant les tombes des moines. Il ne restait au centre qu'une vaste pelouse, parfaitement nivelée.

— Lord Norton avait installé ici son tennis, annonça le gardien de sa voix monotone habituée aux boniments explicatifs. On avait mis des *rocking-chairs* et des meubles de bambou sous les arcades. On s'y plaisait beaucoup.

Le gardien n'ajouta pas que lord Norton et ses commensaux jouaient au tennis sur un cimetière, car des générations de moines dormaient leur dernier sommeil sous cette herbe touffue. Et l'idée n'en vint point à Simone, qui s'empressa de répondre :

— J'en ferai aussi un tennis.

Après cela, on passa dans la chapelle. Lord Norton en avait fait un théâtre, le chœur servant de scène, et les deux sacristies de loges pour les acteurs. Le sens artistique de Simone, à défaut de son sens religieux, en fut choqué. La scène existait encore, avec ses montants de bois, ses coulisses, un rideau éclatant.

— Quelle horreur! s'écria la jeune fille, peut-on avoir gâché de la sorte cette ravissante abside.

Narcisse la regardait de côté, un peu penaud. Il s'était imaginé que ce théâtre enchanterait sa fille.

— Et qu'est-ce que tu feras donc de cette grande machine? Une salle de bal?

— Non ; un musée. J'y rassemblerai tout ce que je pourrai trouver en fait d'objets d'art de l'époque : sculptures, peintures, ciselures, broderies, poteries, n'importe quoi! J'en ferai un petit Cluny du XVe ! Ça ne manquera pas de cachet.

Le gardien la regardait avec stupeur.

Narcisse hocha la tête :

— Ça me coûtera gros, ronchonna-t-il.

Mais il n'était pas fâché, au fond, que sa fille éblouît ainsi leur nouveau serviteur. L'homme parlerait dans Pontarmé! Ça épaterait les indigènes.

On examina ensuite, successivement, la salle du Chapitre, bibliothèque, fumoir de l'Anglais ; le merveilleux réfectoire, où le billard du dernier propriétaire était resté ; l'ancien « chauffoir » des religieux, transformé en salle à manger ultra-moderne. Tout cela parut charmant à Simone.

Ce qu'elle apprécia moins, ce furent les chambres à coucher. Lord Norton avait laissé subsister les cellules des moines, à peu près telles quelles, en se contentant de les faire tendre de cretonne, « parce que, invitant beaucoup de monde, expliqua le gardien, il avait besoin de beaucoup de chambres ».

Mais Narcisse démontra qu'il serait facile de changer cette disposition fâcheuse. On abattrait les cloisons existantes, pour en édifier de nouvelles, sur un plan « mieux compris ». On pourrait ainsi, dans une des ailes, installer un joli petit appartement complet pour Simone et pour sa femme de chambre ; elle expliquerait ce qu'elle voulait, on se conformerait à ses ordres. Dans l'autre aile, on établirait des logis pour son père, son frère, même une ou deux chambres d'amis, pour les camarades de Gaétan.

L'entrepreneur s'animait, décrivait ses plans avec force gestes, supputait les matériaux, s'enivrait, par avance, du plaisir projeté de bâtir enfin pour lui et sa famille, après avoir bâti si longtemps pour les autres.

Simone approuva.

Elle voulut voir ensuite les dépendances de l'abbaye, écuries, étables, granges et poulaillers, qu'elle trouva en bon état, l'Anglais s'en étant servi pour ses chiens et ses chevaux.

Puis, ce fut le tour des jardins. La Révolution avait enlevé aux moines leurs vastes terres que la Restauration n'avait pas pu leur rendre, parce qu'elles se trouvaient morcelées en trop de mains diverses. Mais il restait encore, attenant aux constructions, un terrain magnifique, verger et potager, sur les produits duquel, assurait le gardien, se nourrissaient exclusivement les derniers moines.

— Les grands arbres y manquent, observa Simone, mais en y plantant des massifs, nous pourrons encore y dessiner un joli parc. Il faudrait tout de suite nous assurer d'un « paysagiste » et d'un bon jardinier de premier ordre, ajouta-t-elle en se tournant vers son père.

L'entrepreneur acquiesça mentalement ; silencieusement ; il faisait ses calculs. Avec tous ces changements, les embellissements inévitables, son acquisition de quarante mille francs lui reviendrait bien à deux cent mille au bas mot. Mais pourquoi ne pas jouir un peu, enfin, de l'argent si laborieusement gagné? La vie est courte, et après la vie, qu'est-ce qu'il y a? un trou noir! Autant se payer du plaisir pendant qu'on y est! Et puis, qu'est-ce qui l'empêcherait, pour se dédommager, de majorer un peu les notes de ses clients?

Simone, au retour, ne cessa pas de bavarder dans l'auto. Elle était rouge, excitée, presque fiévreuse. Peut-être sa joie était-elle trop forte, pour un organisme aussi impressionnable que le sien.

Son père, très peu perspicace en psychologie, ne s'en rendit pas compte. Mais Gaétan, plus avisé, quoique beaucoup moins tendre à l'égard de Simone, s'étonna, le soir, de l'exaltation de sa sœur.

— Tu vas te rendre malade, ma parole! Et pourquoi? pour un tas de vieilles pierres.

— Oh! tais-toi, misérable! C'est toi plutôt qui me rendras malade avec tes appréciations blasphématoires du beau!

Gaétan éclata de rire.

— Il ne te manquait plus que de tourner à la poésie, maintenant tu seras complète! Mademoiselle va rivaliser avec la duchesse du Dolmen et la comtesse des Echauguettes ; elle composera des vers incompréhensibles intitulés : « A la lueur des étoiles! » et datés « de l'Abbaye de Pontarmé-sur-Thève, à minuit, sous l'inspiration des rossignols. »

Sa sœur ne put pas s'empêcher de rire.

— Non, dit-elle, non, la littérature et moi ça fait deux. Mais j'ai la passion de l'art, tu le sais bien. Et, au lieu de te moquer de moi, tu devrais m'envier. L'art vaut mieux que le jeu, pour occuper une vie, mon cher!

Gaétan fit la grimace. Sa sœur avait le dernier mot, et déjà leur père fronçait les sourcils, quand le domestique, heureusement, vint annoncer le dîner.

Comment Simone savait-elle qu'il jouait? Il n'y avait pas très longtemps que le jeune inutile s'y était mis. Sorti du régiment à vingt-trois ans passés, très tenu les premiers temps par son père qui s'obstinait à en vouloir faire quelqu'un, Gaétan n'avait été libre de s'abandonner à ses penchants néfastes que lorsque l'entrepreneur l'avait abandonné lui-même à son malheureux sort.

Mais, en renonçant tacitement à toute ambition pour son héritier, Narcisse n'entendait pas se désintéresser de ses faits et gestes. Il lui avait dit un jour très durement, lors d'une scène épouvantable :

— Passe encore que tu ne sois pas fichu de gagner de l'argent, mon garçon! Mais ne t'avise pas de dépenser le mien! Il t'en cuirait, je te le garantis! Je te servirai une pension suffisante pour tes menus plaisirs et ta toilette, je te logerai, je te nourrirai. Si tu en veux davantage, débrouille-toi!

Et c'était bien timidement d'abord que le jeune homme avait risqué ses premiers louis. Mais l'appétit vient en mangeant, dit-on. Gaëtan avait eu vite fait de prendre goût aux émotions malsaines du baccara. Maintenant, il ne pouvait plus s'en passer. Et si son père avait su à quelles vilenies le misérable descendait déjà pour se procurer de l'argent! Mais il ne le savait pas encore.

Gaëtan redoutait son père. L'allusion de sa sœur l'avait épouvanté! Toute la soirée il bouda Simone, mais sans plus oser l'attaquer en face.

Narcisse était trop plein de son sujet pour s'occuper de lui.

Simone, le jour suivant, devait se rendre à l'atelier de Marius Nouguès.

Elle avait connu le grand peintre du temps qu'elle terminait ses études à la pension. Nouguès daignait, trois fois par semaine, laisser tomber de ses lèvres augustes quelques conseils paternels aux jeunes filles élégantes et riches, en mal de peinturlures artistiques. Ces jeunes filles se réunissaient donc à heures fixes, le matin, dans une salle de son hôtel, boulevard Berthier, où une dame, extrêmement mûre et revê[illegible] parente, les maintenait dans le silence relatif et nécessaire à l'éclosion des chefs-d'œuvre. Puis il apparaissait inopinément la palette à la main, avec son complet légendaire de [illegible] noir, et corrigeait lestement une toile de-ci, de-là, d'un mot, d'une touche.

C'était ainsi que Simone avait fait la connaissance du [illegible] Marius Nouguès.

Mais le maître avait promptement discerné, dans la masse des incapables, cette élève intelligente [illegible]euse, mieux que cela, *douée*, dont le jeune talent, à peine en bouton, ne d[illegible]dait qu'à éclore. Et dès que Simone eut quitté la pension, il l'avait retirée du « cours » et l'avait appelée, deux fois par semaine, aux honneurs d'une leçon particulière. Or, Nouguès n'admettait guère à cette faveur qu'une douzaine de femmes, triées sur le volet, dans le Tout-Paris artistique et mondain. Narcisse, pour sa fille, avait failli en éclater d'orgueil.

Elle, flattée de la distinction, mais consciente de son mérite, n'avait témoigné sa reconnaissance au grand homme que par un redoublement d'application. Et, très vite, une sorte de camaraderie s'était établie entre eux, bien différente des rapports froids et corrects, habituels entre élève et professeur.

Veuf sans enfants, et inconsolable, disait-on, Nougués affectait de dédaigner les femmes, et il leur parlait volontiers avec une manière de pitié ironique dont beaucoup se froissaient. Pas Simone. Elle ripostait hardiment du tac au tac, et le maître en avait conçu pour elle un peu d'estime et beaucoup d'admiration.

En arrivant à l'atelier, ce jour-là, Simone trouva déjà installées devant leurs chevalets deux femmes qu'elle y rencontrait habituellement.

L'une était la fille du fameux Jacquot, le député de Ménilmontant, le furieux orateur des revendications ouvrières. Grande, laide, osseuse et dégingandée, Coralie Jacquot, qui frisait la trentaine, évoquait l'idée déplorable d'un homme habillé en femme. Elle avait une grosse voix aux intonations rauques, des *abatis* terribles — fâcheuse expression d'atelier pour désigner les pieds et les mains — et roulait des yeux effrayants pour énoncer les remarques les plus inoffensives. Atavisme, peut-être.

Tout autre était sa voisine, une jeune Espagnole, nouvellement mariée, la marquise de Huelvas, extrêmement jolie, aimable et gracieuse, on ne savait que louer, en elle, de sa distinction suprême ou de sa simplicité charmante.

Simone salua, serra les mains tendues, s'installa à sa place.

Une petite Monténégrine posait, en costume national, juchée très haut sur son estrade. C'était la quatrième fois qu'elle posait.

Simone, d'un coup d'œil expert, enveloppa les ébauches de ses compagnes. Toujours les mêmes qualités et les mêmes défauts chez chacune. Impeccable dessin et plates et pauvres couleurs sur la toile de Coralie. Sur celle de la marquise, au contraire, quelques incorrections de contours, mais ce prodigieux coloris qui la rendait inimitable.

Le maître entra, vint droit à la fille de Jacquot et se mit à jurer :

— Nom d'un chien! Est-ce une morte que vous peignez là? une noyée retirée de la Seine après six semaines de séjour sous l'eau? Tout est livide, la bonne femme et ses haillons! Tenez! regardez-moi un peu cette richesse de tons de la marquise? Ah! par exemple! La bonne femme s'est démis l'épaule! Faut la conduire à l'hôpital.

Et, d'un coup de pouce, en pleine pâte, brutalement, il corrigea le défaut.

Puis, passant à Simone :

— Et vous, jeune demoiselle? Trop petit, toujours trop petit! Qu'est-ce que vous avez donc dans les yeux? Seriez-vous myope avec des quinquets pareils? Ce serait le cas de vous faire payer un verre grossissant par votre papa. Encore un cadeau de plus, hein, Mamzelle?

Simone se mit à rire.

Nouguès continua, moqueur, tout en rectifiant l'esquisse de la jeune fille :

— Je parie qu'il vous a donné du nouveau, le vieux roublard? La dernière fois, c'était un tonneau avec un poney blanc. Cette fois-ci, qu'est-ce que ça peut bien être?

Les deux autres femmes, d'un mouvement instinctif, irraisonné, tournèrent la tête et regardèrent Simone.

Elle se sentit rougir et baissa les yeux pour répondre :

— Il vient de m'acheter l'abbaye de Pontarmé en Chantilly.

— Hein? Quoi?? s'écria Nouguès, en se relevant brusquement. L'abbaye de Pontarmé, vous?

Quelque chose dans le son de sa voix surprit la jeune fille. Vaguement inquiète, elle demanda :

— Pourquoi cela vous étonne-t-il?

Mais déjà le peintre s'était repris ; le visage fermé, il répliqua tranquillement :

— Oh! ça ne m'étonne pas du tout! Mais vous avez une façon d'annoncer cela, petite demoiselle, comme s'il s'agissait d'une « gourmette » ou d'un « collier de chien », et ça n'est pas banal, ma parole!

Et, là-dessus, il s'en alla, secouant sa crinière léonine et passant la main dans sa barbe de fleuve, d'un geste familier chez lui.

Un petit silence un peu gêné suivit son départ. Simone pensa que ses compagnes, peut-être, jalousaient sa fortune. Elle les savait riches, pourtant, la marquise surtout. Et cette pensée qu'elle excitait leur envie, au lieu de la flatter, lui fut désagréable. Mais elle se trompait, ce n'était pas *cela*.

La fille du grand chef socialiste, au bout d'un moment, lui posa une question hésitante :

— Et vous comptez habiter..... là-dedans?

— Quand les arrangements nécessaires seront terminés à ma guise, oui, certainement.

— Eh bien! je vous félicite, vous êtes plus brave que moi, ma chère!

— Parce que? demanda-t-elle, stupéfaite.

— Parce que les moines se vengent de leur dépossession, ma chère!

Simone éclata de rire :

— Oh! si ce n'est que pour ça, je n'ai pas peur!

Coralie, vexée, tourna vers elle ses yeux énormes et hagards.

— Vos deux prédécesseurs y ont laissé leur peau, pourtant.

— Quels prédécesseurs?

— Comment ne savez-vous pas leur histoire? Mais le marchand de fécule qui s'y est ruiné et pendu, et l'Anglais qui s'y est fait tuer par son cheval!

Simone haussa les épaules et répliqua un peu sèchement :

— Vous m'affligez, Mademoiselle Jacquot. Je n'aurais pas cru qu'une personne instruite et intelligente comme vous pût être superstitieuse à ce point.

Coralie rétorqua vertement :

— Nous verrons bien ce qui en résultera pour vous, ma chère! Dans six mois, vous m'en direz des nouvelles.

Et, comme Simone se taisait, saisie de la prédiction, en dépit de sa belle assurance, la marquise, pour la première *fois*, parla. Elle dit, de sa voix chaude, aux intonations un peu gutturales de sa race :

— Les moines se vengeront peut-être autrement que Mlle Jacquot le suppose. Peut-être feront-ils une dévote de Mlle Simone?

L'idée parut si burlesque à Coralie qu'elle s'exclama en pouffant de rire. Simone dédaigna de répondre. Les autres observèrent seulement qu'elle était devenue écarlate.

III

Narcisse, deux jours après, installait toute une équipe de travailleurs à l'abbaye de Pontarmé. Et alors commença pour lui une existence agitée en partie double, telle qu'il n'en avait jamais connue encore, car, sans préjudice de ses nombreuses affaires, il prétendait courir à « sa propriété » trois, quatre fois par semaine, quelquefois davantage, pour surveiller ses hommes, s'assurer que tout marchait à souhait, c'est-à-dire au gré des désirs de sa fille.

La paisible bourgade était en rumeur. Deux fois, déjà, depuis l'expulsion des moines, les habitants avaient vu des voleurs légaux opérant au grand jour, démolissant, rebâtissant, s'installant à leur aise dans le bien d'autrui, dans ce bien séculaire d'Eglise, arraché par la violence aux fils de saint Benoît. Et ces travaux impies n'avaient pas profité aux usurpateurs successifs des moines. Tous les deux étaient morts de *male mort*, comme disaient nos aïeux. D'aucuns, parmi les gens de Pontarmé, avaient crié au miracle ; d'autres n'y avaient vu, sans calembour, qu'une coïncidence « accidentelle ».

Mais, devant l'empressement fiévreux du gros Narcisse, les commentaires marchaient leur train. L'entrepreneur, d'une part, *marquait* mieux que ses devanciers. Ce n'était pas un spéculateur aux abois, comme le marchand de fécule, mais un personnage établi et raisonnable, avantageusement connu sur le marché de Paris. Et son but, en achetant l'abbaye, n'avait rien eu que de très louable en soi-même. Ainsi que Robin, le gardien de la propriété, avait eu soin de le faire remarquer autour de lui :

— M. Narcisse Liégaut voulait constituer un patrimoine à sa famille.

Sur quoi, un voisin ironique s'était permis de répondre :

— Oui, c'est comme le coucou qui installe ses enfants dans le nid des autres.

Et le mot avait couru. C'était bien à la fois l'expression de la vérité et de l'opinion publique. Et, sous ce rapport-là, le nouveau propriétaire allait plus loin dans le vol que ses prédécesseurs : il entendait *édifier* sur les dépouilles d'autrui. Non content d'en jouir pour lui-même, il cherchait à fonder un foyer familial, à instituer un héritage à ses descendants, au milieu de ce temple consacré à la Reine du ciel, et desservi si longtemps par ses fidèles serviteurs.

Les moines étaient loin, dispersés dans ces pays protestants qui nous font honte par leur généreuse hospitalité envers les proscrits de nos lois scélérates.

L'un d'eux, cependant, restait, un très vieil homme brisé par l'âge, courbé sur son bâton, retenu au sol par des infirmités cruelles. Dom Robert Guiscard avait encore ajouté par sa science et ses vertus au lustre de son vieux nom, jadis illustré par une lignée de guerriers fameux. Il avait été longtemps maître des novices, et, maintenant, dans le monde, le titre lui en était toujours resté. On l'appelait toujours le Père Maître.

Ce digne vieillard demeurait chez sa nièce, Mme Louis Guiscard, veuve déjà mûre et mère d'un fils unique, âgé d'une vingtaine d'années alors, Henri, qui avait hérité de la vocation religieuse de son oncle. Elle avait perdu son mari, très jeune encore, à la suite d'un accident de chasse, ainsi que sainte Jeanne-Françoise de Chantal. Dès lors, disant adieu au monde, mais ne pouvant pas s'enfermer dans un cloître, à cause de son petit enfant, la veuve, qui était originaire de Creil, s'était retirée à Pontarmé avec son Henri et une vieille servante, à l'ombre de l'abbaye, où vivait son digne oncle, et dont les magnifiques offices devaient être pour elle la seule consolation sur terre.

Mais le vent révolutionnaire avait passé par là, emportant les moines. Et, à la place des voix harmonieuses chantant les louanges du Seigneur, les voûtes sacrées n'avaient plus retenti que de coups de pic ou de marteau, de jurons, d'abois de chiens et de ritournelles abjectes.

Personne, dans Pontarmé, n'avait plus souffert de l'expulsion des moines que la famille Guiscard. Le pauvre Père Maître, d'abord, beaucoup trop souffrant pour suivre ses compagnons en exil et contraint de passer de l'infirmerie de son monastère au charitable foyer de sa nièce ; puis la veuve, privée des chers offices qui l'avaient attirée en ces lieux ; enfin le jeune Henri, qui avait rêvé de prendre l'habit de Saint-Benoît dans l'antique abbaye de Notre-Dame.

Cependant, ils étaient restés là, tous les trois, près des grands bâtiments « désaffectés », tels ces plantes fragiles dont l'existence est liée aux murailles qu'elles enserrent. Encore si la chapelle, le cloître, étaient demeurés vides ; s'il avait été possible d'y errer, en psalmodiant *Laudes* ou *Complies !* N'honore-t-on point des tombeaux qui ont renfermé des corps saints ? Mais la profanation, là comme ailleurs, ne s'était pas bornée à l'expulsion des possesseurs légitimes. Les usurpateurs étaient venus, avec leur cortège impie de satellites effrontés. On avait vu d'abord des ouvriers de la dernière catégorie, trimardeurs de grandes routes ou rôdeurs de barrières, embauchés par le fabricant de fécule, et remplissant le pays de leurs rires brutaux ou de leurs orgies repoussantes ; puis une invasion d'une autre sorte, pire peut-être, avait affolé la paisible bourgade ; c'étaient des boulevardiers, des actrices et leurs soubrettes, une nuée de valets insolents et hâbleurs, toute la clique interlope que l'Anglais millionnaire et fantasque traînait à sa suite. Pontarmé tournait à la ville d'eaux. C'était l'abomination de la désolation dans le lieu saint !

Soudain, la catastrophe, la mort violente de lord Norton. Un moment d'accalmie, l'espoir que la paix de la tombe allait être rendue à l'abbaye dévastée. Mais non. Voilà que de nouveaux propriétaires s'installaient, des gens qui prétendaient s'établir là de père en fils, faire souche dans le bien volé à l'Eglise !

Et, à mesure que s'avançaient les travaux, chaque jour on pouvait voir un jeune homme qui les surveillait de loin, quelquefois même de près. Il ne disait rien à personne. Il se contentait de regarder d'un air triste. Quand arrivait l'entrepreneur, il disparaissait toujours. Mais, lorsqu'on le savait loin, il lui arrivait de s'enhardir jusqu'à prendre des vues photographiques des chantiers. Il paraissait encore si enfant et il avait une si jolie figure et si douce, que les ouvriers de Narcisse, malgré leur grossièreté, avaient fini par le prendre en affection sans le connaître, et, dès qu'ils l'apercevaient, ils se poussaient du coude, en disant :

— V'là le gosse aux yeux bleus ! Ce qu'il est pâle, aujourd'hui ! Malheur ! faut-il qu'il soit malade !

Ces pauvres gens se trompaient. Henri Guiscard n'était pas malade, mais navré de voir ce qui se passait à l'abbaye. Il venait d'avoir vingt ans et ne cessait pas de répéter :

— Si les moines étaient encore là, je serais parmi eux, depuis dix-huit mois au moins. Maintenant, il faut que j'attende mon service militaire ; je l'ai promis à maman. Et après cela, où irai-je? En Angleterre? En Amérique? Mon Dieu! que les hommes sont donc méchants!

Un soir, en rentrant chez sa mère, il lui dit :

— La fille de ce malheureux entrepreneur vient d'arriver pour visiter les travaux. Je n'ai eu que le temps de me sauver pour ne pas me rencontrer avec elle.

— Pauvre fille! soupira Mme Guiscard, faut-il qu'elle ait été mal élevée, pour ne pas se rendre compte du crime auquel, inconsciemment, elle participe!

— Croyez-vous que ce soit inconsciemment, ma mère?

— Je veux l'espérer pour elle, mon fils!

— Vous êtes meilleure que moi!

— Je suis plus vieille, mon enfant. J'ai plus d'expérience de la vie.

Henri ne répliqua point, et, se dirigeant vers le piano ouvert, il se mit à jouer, avec beaucoup d'âme, une romance sans paroles de Mendelssohn.

Ce jeune homme était extraordinairement doué pour les beaux-arts, car il témoignait d'une égale facilité pour la sculpture et la musique, ayant hérité à la fois du talent de son père, ancien pensionnaire de la villa Médicis et auteur de plusieurs groupes fameux, et du talent de sa mère, dont la virtuosité sur la harpe était plus d'une professionnelle que d'une femme du monde.

Mme Guiscard, pour le moment, s'occupait à un tricot, destiné à quelque œuvre pie. Elle était bien installée devant une petite table, dans l'embrasure d'une fenêtre, donnant, par delà un jardinet fleuri, sur la grande route. De l'autre côté de la maison confortable et simple, s'étendait le potager, qu'une haie vigoureuse et un bout de pré séparaient seuls de la forêt.

Devant la grille du petit jardin, des autos passaient à toute allure, soulevant des tourbillons de poussière, bien préjudiciables aux jolies fleurs. Chaque soir, Henri devait les arroser longuement avec une lance. Ni les lamentations des sirènes ni les grondements des trompes ne détournaient la veuve de son ouvrage. Mais, au tintement menu de la clochette de la grille, elle releva la tête et regarda vivement dans le jardin.

— Henri! c'est M. le curé.

Déjà le jeune homme s'élançait dans le vestibule.

L'abbé Laurent parut.

C'était un grand et beau vieillard, d'une figure singulièrement fine, et doué de beaucoup de distinction d'allures.

La maîtresse de maison lui avança un siège. Il s'assit en souriant et promena autour de lui un regard satisfait sur le décor familier du salon modeste, mais gai, et si aimablement accueillant.

— Comment va le cher Père?

— Bien doucement, aujourd'hui, répondit sa nièce.

— L'orage d'hier, sans doute?

Mme Guiscard secoua la tête :

— Je ne le crois plus très sensible aux intempéries extérieures, fit-elle tristement. Mais je m'imagine que chaque coup de marteau donné dans son abbaye le frappe au cœur. Et Dieu sait si on en donne!

Le prêtre soupira :

— J'ai ouï dire que les travaux étaient poussés avec la rapidité la plus extrême. L'acquéreur voudrait pendre la crémaillère pour la Saint-Jean, jour de naissance de sa fille, paraît-il. Et nous sommes à la fin de mai.

— Vous qui êtes au courant des travaux, Henri, ajouta le prêtre, en se tournant vers le jeune homme, qu'en pensez-vous?

— Je pense, Monsieur le Curé, qu'avec beaucoup d'argent, on vient à bout de toutes les difficultés matérielles.

— Assurément, mais je m'étonne qu'il y ait encore tant à faire pour accommoder ces malheureux bâtiments au goût du jour. Car, enfin, Lord Norton y avait déjà tellement dépensé!

— C'est que ceux-ci défont au moins la moitié de ce qu'avait fait Lord Norton.

— Ah! vous m'en direz tant.

— Ainsi, par exemple, continua Henri, on démolit actuellement la scène théâtrale que l'Anglais s'était imaginé d'installer dans le sanctuaire de l'église.

— Tant mieux!

Mme Guiscard demanda tranquillement :

— Ce n'est pas, je suppose, pour y célébrer les mystères du culte bouddhique.

— Oh! Madame! s'écria l'abbé Laurent, scandalisé.

— Mais, Monsieur le Curé, croyez bien qu'il y a beaucoup d'adeptes de Confucius à Paris.

— Quoi! dans la société française? On me l'a dit déjà, mais je me refuse à l'admettre.

— Monsieur le Curé, je pourrais vous citer telles grandes dames, fort connues dans le monde financier, qui ne mangent jamais rien de ce qui a eu ou pourrait avoir vie, même pas d'œufs, par conséquent. Ce sont des végétariennes enragées. Et on trouve ça très convenable, très respectable même, parce qu'il s'agit d'une religion bizarre et ténébreuse. Mais qu'une bonne dévote de chrétienne s'avise de demander un repas maigre, un vendredi, dans le moindre restaurant parisien, les gens lui riront au nez.

— Je n'en doute pas. Mais dites-moi, Madame, si vous avez véritablement quelque raison de supposer ces Liégaut imbus d'idées aussi absurdes?

Mme Guiscard sourit.

— Nullement, Monsieur le Curé, je me les figure seulement comme de fervents adeptes du veau d'or, et voilà tout.

— Moi aussi, soupira le prêtre. Et s'ils restent longtemps parmi nous, quel fâcheux exemple pour nos concitoyens!

— S'ils restent longtemps? reprit gravement la veuve. Cela m'étonnerait beaucoup.

A ce moment, et avant que l'ecclésiastique eût eu le temps de répondre, la porte s'ouvrit et le Père Maître se montra sur le seuil.

Vêtu de la robe de bure noire des Bénédictins, tout plié en deux, appuyé sur sa canne, il s'avançait avec une extrême lenteur et des efforts qui témoignaient de ses souffrances. Cet octogénaire avait dû être d'une très haute taille et d'une beauté remarquable autrefois. Il gardait encore, sur son visage émacié, les traces d'une régularité de traits classique. Ses yeux noirs, creusés profondément, brillaient d'un feu extraordinaire chez un homme aussi âgé. Une mince couronne de cheveux de neige entourait son crâne rasé qui semblait d'ivoire jauni.

On l'installa dans son fauteuil. Il enfouit ses mains maigres dans ses longues manches, et, avec un sourire très doux sur son visage austère, il se tourna vers le curé et entama gracieusement la conversation avec lui.

— Les malades ont l'ouïe fine, mon cher pasteur, dit-il, j'ai cru reconnaître le son de votre voix et je n'ai pu résister au plaisir de passer quelques bons moments avec vous.

Mme Guiscard s'excusa courtoisement.

— Pardonnez-moi de ne vous avoir point averti, mon oncle, mais vous m'aviez tellement défendu de vous déranger tantôt.....

— Ma nièce, vous avez très bien fait de m'obéir, et je vous en sais beaucoup de gré.

L'abbé Laurent demanda :

— Travaillez-vous donc toujours autant, mon cher Père?

— Je travaillerai, s'il plaît à Dieu, jusqu'au jour où la plume s'échappera de ma main.

— Toujours votre Histoire des abbayes bénédictines du Valois?

— Toujours. Je ne la terminerai point. C'est mon petit-neveu qui la finira, quand j'aurai été rejoindre notre saint patriarche là-haut.

Et ses yeux ardents se tournèrent vers les doux yeux bleus d'Henri.

L'abbé Laurent posa quelques questions polies sur ce véritable travail de Bénédictin. Il était fort instruit lui-même et se serait intéressé volontiers aux problèmes hagiographiques et archéologiques, si les pressantes nécessités de l'heure actuelle, en nos temps troublés, lui en avaient laissé le loisir. Dans la circonstance présente, le curé cherchait surtout à détourner l'attention du vieux religieux d'un sujet trop cruel pour lui.

Mais le Père Maître ne se laissa pas prendre à la manœuvre et quitta de lui-même le domaine historique pour demander carrément au pasteur ce qu'il pensait sur ses « nouveaux paroissiens ».

— Très peu de chose, répondit avec un soupir l'abbé Laurent. On m'a raconté que la famille se composait de trois personnes : le père veuf, un fils et une fille non mariés encore ; que l'or coulait à flots chez eux, et que le père ne reculait devant rien pour satisfaire les fantaisies de sa fille. Ce serait elle, dit-on, qui se ferait aménager l'abbaye à sa mode.

— Pauvre fille! dit seulement Dom Guiscard.

— Quant à la mentalité de ces gens, continua le curé, je l'ignore absolument. Ce ne sont pas des spéculateurs, du moins ils ne viennent pas ici comme tels ; ce sont des gens normalement établis, puisqu'ils composent une famille régulière, et je veux croire qu'ils ne nous amèneront pas ici des esclandres à la façon de ce malheureux Anglais. Mais, d'ailleurs, sont-ce des indifférents absolus? Je n'en sais pas plus que vous là-dessus, mon Révérend Père.

— Les uns et les autres ne se valent-ils pas? observa Mme Guiscard.

— Devant les hommes, si, ma nièce, répondit le religieux ; mais devant le Seigneur, c'est le secret de la miséricorde.

Henri ne put s'empêcher de s'écrier :

— Oh! mon oncle! poussez-vous donc la bienveillance assez loin pour supposer que ces gens puissent ignorer le crime qu'ils commettent et l'anathème qui les frappe, en s'appropriant des biens d'Eglise?

Le moine répliqua, très grave :

— Mon fils, le Seigneur a dit : « Ne jugez pas et vous ne serez pas jugé. »

IV

Cependant, Simone, totalement ignorante des commentaires provoqués par son installation à Pontarmé, vivait dans l'état d'exaltation fiévreuse, inhérente à l'enfantement des grandes choses. Elle n'existait plus que pour son abbaye ; elle en rêvait. Tenue fort régulièrement au courant des travaux par son père, ou par le contremaître de confiance Jeoffre, elle allait encore assez fréquemment sur les chantiers, afin de se rendre compte de l'ouvrage par elle-même et de décider, en dernier ressort, sur telle ou telle question importante. Fille d'entrepreneur, à force d'entendre parler maçonnerie, menuiserie, ferronnerie, elle s'y connaissait bien, et, en sa qualité d'artiste, elle avait presque toujours des idées justes. Narcisse l'admirait sincèrement ; Jeoffre se pâmait d'extase, par politique ; les ouvriers obéissaient ; la jeune fille se gonflait de joie et d'orgueil.

Quand elle n'allait pas à Pontarmé, elle courait les boutiques du matin au soir, à la recherche de tapisseries, de vieux meubles, de bibelots rares. Plus avisée qu'à sa sortie de pension, elle n'entendait pas livrer son nouveau domicile aux mains vulgaires d'un « installateur » de profession. Elle prétendait arranger son œuvre à sa guise, en faire une merveille à sa mode.

Narcisse, parfois, trouvait que ça revenait un peu cher. Mais elle avait une façon de raisonner qui le rendait coi ; elle lui disait :

— Tout ce que j'achète a de la valeur ; cette valeur reste à l'objet, s'augmente même par l'effet du milieu ambiant. Si jamais plus tard tu voulais faire une vente de tes meubles, tu en tirerais deux ou trois fois ce qu'ils t'ont coûté.

Elle le croyait et Narcisse également.

A l'atelier, où Simone, d'ailleurs, continuait à se rendre fort exactement, elle parlait peu de l'abbaye. D'abord, la présence de la marquise de Huelvas la gênait. Elle savait l'Espagnole catholique romaine pratiquante, et redoutait, plus que des critiques ou des sarcasmes, son silence désapprobateur sur ce sujet brûlant. Et puis, certainement, Coralie Jacquot était jalouse de l'acquisition de son « amie ». Simone avait discerné, sous l'exagération de la terreur superstitieuse, le dépit, dissimulé à peine, de ne pas avoir à redouter la vengeance des vieux moines.

La fille de l'entrepreneur se taisait donc systématiquement, chez Marius Nongués, sur la question qui lui tenait tant à cœur, la seule, à vrai dire, qui l'intéressait pour le moment. Mais elle se réservait un avenir tout proche, escomptant, avec malice, la fureur qu'éprouverait Coralie lorsqu'elle l'inviterait, en grande pompe, à venir pendre la crémaillère à Pontarmé. Aucun danger que Coralie se récuse, car Narcisse ne manquerait pas de prier son père, et le tribun socialiste était connu pour un grand amateur de festins et de réjouissances. Ah! ce que la vieille fille enragerait! Simone en riait à l'avance.

Une personne, à l'atelier, néanmoins, paraissait dévorée de curiosité à l'endroit de l'abbaye. C'était une jeune Américaine, fraîchement émoulue de la pension Sainte-Euphémie, protestante de nom, mais fort éclectique en matière de convictions religieuses.

Nita Wolsey adorait le merveilleux sous toutes ses formes. Vive et gaie par nature, elle se repaissait avec délices des romans à faire peur dont fourmille la littérature actuelle. Informée par Coralie de l'acquisition du gros Narcisse, elle avait essayé vainement, à plusieurs reprises, de faire jaser Simone, qu'elle avait trouvée de glace, l'influence occulte de la marquise lui cousant la bouche là-dessus.

— Comme ce doit être curieux! disait-elle, comme je voudrais voir cela! Vous êtes bien heureuse, Mademoiselle Liégaut, d'avoir un papa si gentil!

Simone souriait faiblement, sans répondre, et, du coin de l'œil, elle regardait l'Espagnole impassible, dont le doux visage, à ce moment-là, lui produisait l'effet de la figure du Commandeur.

Nita reprenait câlinement, avec son accent drôle et son délicieux sourire :

— Vous m'inviterez, dites, Mademoiselle Liégaut? vous m'emmènerez là-bas, un jour? Cela me ferait tant, si tellement de plaisir!

Le moyen de résister à l'enjôleuse?

— Oui, oui, je vous inviterai, je vous le promets!

— Vous me préviendrez à temps, au moins, que je puisse me faire faire un costume exprès!

Coralie ricanait dans son coin :

— Un costume? Est-ce que Mlle Simone compte donner un bal travesti sous les voûtes de ses cloîtres?

Et Simone, vexée, haussait les épaules en demandant avec aigreur :

— Me prenez-vous pour une folle?

La marquise, en pareil cas, se renfermait dans un silence total, silence qui avait le double don d'exaspérer Simone et de divertir prodigieusement Coralie.

Un jour, par suite de circonstances quelconques, l'Espagnole et l'Américaine se trouvèrent seules à l'atelier.

— Dites-moi, Madame, commença Miss Wolsey, irez-vous à l'abbaye, si Mlle Liégaut vous invite?

— Je n'irai certainement pas.

Nita secoua la tête, de son air le plus entendu.

— Ah! je le pensais bien, votre religion doit vous le défendre ; parce que vous avez une religion, n'est-ce pas? vous êtes véritablement *papiste !*

La marquise ne put pas s'empêcher de rire.

— Oui, je suis véritablement papiste.

— Et Mlle Liégaut, continua Miss Wolsey, qu'est-ce qu'elle peut bien être? « Rien du tout »?

— J'en ai peur.

— C'est drôle, reprit Nita, d'un air pensif. Je n'aimerais pas, moi, de ne pratiquer aucune religion, parce que c'est tout à fait comme les bêtes. Est-ce qu'il y a beaucoup de Français ainsi, tels que des animaux? On le dit en Amérique, mais je ne voulais pas le croire. Vous qui êtes étrangère aussi, qu'est-ce que vous en pensez?

— Je pense, répondit très sérieusement l'Espagnole, qu'il y a beaucoup de gens fort religieux en France, parfaitement convaincus et pratiquants. J'en connais une quantité, pour ma part. Mais j'avoue qu'il n'y en a point ici, à l'atelier, et je le regrette pour vous, jeune fille.

— Oh! moi, ça m'est égal, j'étudie les types, vous savez. Coralie est impayable ; elle me représente si bien la République! Elle est sotte, et vantarde, et méchante.....

— Chut! taisez-vous donc!

— Oh! elle peut entrer, ça ne me fait rien, je n'ai pas peur! Quant à Simone Liégaut, ce n'est pas une mauvaise nature et j'ai du chagrin, pour elle, qu'elle se soit..... comment dit-on? emberlificotée de cette abbaye-là.

La marquise releva la tête d'un air interrogateur.....

— Parce que?.....

— Parce qu'il lui arrivera forcément malheur.

La marquise passa son pinceau dans sa main gauche et se renversa sur sa chaise, attendant ce qui allait suivre.

— Oui, reprit Nita, la voix basse, le bien mal acquis ne profite jamais. Vous savez que les deux premiers possesseurs de l'abbaye sont morts très violemment, et ça ne vous étonne pas. Le troisième ne peut manquer d'avoir le même sort.

— Mais c'est de la superstition, cela, dit l'Espagnole avec un sourire qui n'était pas dénué de malice, et de la part d'une protestante comme vous, c'est plutôt bizarre, il me semble!

— Pas tant que vous supposez. Nous sommes toute une « équipe » de *Chicago girls* à Paris, qui croyons fermement aux revenants et aux fantômes.

L'entrée bruyante du maître coupa court à cette conversation étrange, qui laissa la marquise rêveuse. Trop éclairée, certes, pour attacher une importance exagérée à des imaginations de pensionnaire, elle ne pouvait pas s'empêcher de rapprocher les pronostics funestes de la jeune Wolsey de l'exclamation menaçante de Coralie :

— Les moines se vengeront!

Comment cette hérétique et cette païenne s'étaient-elles rencontrées dans la même appréhension de l'avenir pour les nouveaux propriétaires de Pontarmé? Ce ne pouvait être qu'un écho de l'opinion publique. L'abbaye devait être tenue pour ensorcelée dans le monde louche des agioteurs ; c'est pour cela que Narcisse l'avait eue à bon compte. Il avait passé outre à la crainte fatidique, dont ne se défendaient point ses pareils, un tas d'impies, oublieux de tout dogme et hantés encore de superstitions séculaires. Lui ne craignait rien ; mais le marchand d'amidon, mais l'Anglais n'avaient rien craint non plus.....

La marquise de Huelvas, en sortant de l'atelier, se fit conduire à la chapelle espagnole de l'avenue de Friedland, et là, prosternée devant l'autel de la Madone, elle récita son chapelet tout entier pour sa jeune compagne, Simone Liégaut, qu'elle trouvait gentille et qui lui faisait pitié.

La fille de l'entrepreneur, maintenant, allait, presque tous les jours, à Pontarmé. Les maçons avaient disparu, les menuisiers s'escrimaient ; bientôt les peintres allaient faire leur apparition. Narcisse lui-même demandait à sa fille de l'accompagner là, tant il avait peur de se tromper dans l'exécution de ses ordres.

— Puisque c'est pour toi, disait-il bonnement, explique-toi plutôt avec les ouvriers ; ils te comprendront mieux.

Ils la comprenaient très bien. Elle parlait haut et ferme, d'un ton fort net, qui ne souffrait pas de réplique. D'ailleurs, tous ses ordres étaient parfaitement raisonnés. Il ne lui arriva pas une seule fois de commettre ce qu'on appelle vulgairement une gaffe.

Le contremaître ne cessait pas de répéter :

— Ce qu'elle est épatante, celle-là! Ma parole! elle est plus forte que son père!

Jamais la jeune fille ne sortait de l'abbaye, dans ses séjours à Pontarmé. Elle ne voulait rien y voir d'autre, craignant peut-être, au fond, quelque réflexion désobligeante d'un indigène infesté d'obscurantisme.

Il lui arriva d'être obligée de déjeuner sur place, pour surveiller la pose d'une boiserie ou d'un vitrail. Son père lui avait proposé une friture de la Thève, à la gargote prônée par Gaétan. Mais elle avait rejeté cette idée avec horreur. Et, quand elle devait passer la journée entière à l'abbaye, elle apportait ses provisions et s'amusait à faire la dînette, assise sur l'herbe, dans son cloître, c'est-à-dire dans le cimetière des moines. Mais elle ne savait pas que c'était un cimetière. Et jamais les petits pains au foie gras et le vieux porto ne lui avaient paru meilleurs que sur cette grosse pelouse.

Parfois, quand son père l'avait quittée, deux ou trois ouvriers, moins sauvages que les autres, venaient s'asseoir non loin d'elle, pour dévorer leur miche de pain et leur bout de cervelas. Il lui arrivait de leur parler. Elle n'était pas fière et ne témoignait pas pour les humbles le mépris offensant que manifestait trop volontiers son frère à l'occasion.

Mais elle ignorait cette délicatesse par laquelle les riches peuvent si facilement se faire bien voir des pauvres. Elle ne savait point entretenir ces hommes de leurs propres affaires, de leurs familles, de leurs petits enfants ; elle ne s'occupait encore que d'elle-même avec eux.

— Quand achèverait-on de poser les volets de son appartement? Mettrait-on des serrures Yale ou Fichet? Les murs de sa chambre seraient-ils bientôt assez secs, pour y poser des tentures?

Pourtant, parfois la conversation venait à dévier, à remonter du présent au passé lointain de l'abbaye.

Ces ouvriers d'art, assez instruits, très adroits, ne cachaient pas leur admiration pour l'œuvre harmonieuse des moines. Ils s'étonnaient de leur prodigieuse habileté technique, depuis la conception même de l'établissement tout entier, jusqu'au moindre détail de la construction des bâtiments.

— Paraît, dit une fois un vieux décorateur, que ces gens-là s'installaient toujours sur le bord des rivières. C'était un règlement de leur Ordre, à cause de leurs cultures, sans doute ; et puis ça leur permettait d'entretenir des viviers pour leurs poissons, vu qu'ils faisaient censément toujours maigre, à ce que je me suis laissé dire.

— Ma foi, répliqua un autre, en cultivant de beaux légumes et de bons poissons, ils ne risquaient pas de mourir de faim!

— Et ces caves qu'ils avaient! s'écria un serrurier. Malheur! ce qu'ils pouvaient en ramasser là, des bouteilles!

Mais le vieux décorateur tenait à faire étalage de sa science.

— Mademoiselle a bien fait de jeter bas le théâtre de l'Auglais. Cette chapelle passe pour la plus parfaite en son genre, non seulement de l'ancien Valois, mais de l'Ile-de-France tout entière. Bien dégagé, comme ça, le chœur est magnifique.

— Oui, mais il n'y a plus d'autel, jeta étourdiment un apprenti.

— Qu'est-ce que ça fait? puisqu'on ne dit plus la messe, répondit sévèrement le vieux. Mademoiselle fait remettre les stalles qu'on a retrouvées, heureusement, dans un grenier.....

— Les plus belles stalles du monde! s'écria un ébéniste avec un enthousiasme qui n'était pas feint pour les besoins de la cause. Du poirier massif, et fouillé, faut voir! mais ils vivaient donc cent ans, ces gens-là, pour mener à bien des entreprises pareilles!

— Non, mais quand l'un était mort à la peine, l'autre reprenait sa place.

— Et il y en avait encore, il y a dix ans, de ces gens-là? Je me demande s'ils étaient de la même espèce que les anciens.

Tous les ouvriers se mirent à rire de cette boutade.

Le serrurier reprit la parole.

— Il y en a même encore un à Pontarmé, un vivant. On me l'a montré l'autre jour.

— Un moine!

— Oui, oui, un moine noir, avec un capuchon, un vieux à cheveux blancs qui a l'air d'avoir cent ans pour le moins.

Simone s'étonna. Jamais on ne lui avait parlé de ce moine. Pourquoi était-il resté là? Qu'est-ce qu'il faisait à Pontarmé?

Les ouvriers n'en savaient rien, et se regardaient entre eux, assez surpris de l'étonnement que la fille de l'entrepreneur manifestait à cette nouvelle.

Dans le fond, cette idée d'un moine, resté sur place, la contrariait plus qu'elle n'aurait voulu en convenir. Elle se demanda un instant si elle en parlerait à son père. Puis elle y renonça, par crainte des commentaires inutiles que pourrait provoquer sa question. Elle avait oublié les prédictions de Coralie. Ce moine intempestif les lui rappelait désagréablement. Dans quel but ce vieillard demeurait-il à Pontarmé? Serait-ce lui qui aurait fait périr si tragiquement les deux premiers acquéreurs de l'abbaye? Mais comment cela, puisqu'il était si vieux? Par des maléfices, peut-être? Mais non, non, cela ne se pouvait point! A d'autres ces histoires de nourrice! Simone se moqua d'elle-même pour s'être arrêtée un instant à des suppositions si ridicules.

Rentrée à Paris, un autre ennui lui arriva. Son frère lui demanda de l'argent. Il s'était laissé voler sa bourse, disait-il, et se trouvait très en peine.

— Tu as joué et perdu! s'écria-t-elle avec indignation.

Il prétendit que non, essaya de raconter comment on lui avait soutiré sa bourse, et s'embrouilla dans ses mensonges.

— Combien te faut-il? demanda Simone, impatientée, pour en finir.

— Dix louis seulement.

— Mais je ne les ai pas, malheureux, il ne m'en reste que sept!

Gaétan devint très rouge, cria très haut :

— Demandes-en trois à papa!

— Jamais de la vie!

— Tu sais bien qu'il ne te les refuserait pas, pourtant. Trois louis! une misère! Quand il en dépense des centaines pour tes beaux yeux, dans votre repaire de hiboux et de moines!

— Justement. Je ne veux pas l'importuner d'une demande absurde et invraisemblable en ce moment-ci.

— Dis-lui que tu as besoin d'un chapeau, d'un manchon.....

— D'un manchon au mois de juin! Tu divagues!

— D'un parasol, alors!

— Tais-toi, tu m'assommes. Voilà mes sept louis. Si tu les veux, prends-les, sinon, va te promener, laisse-moi tranquille.

Gaétan les prit, en bougonnant, et s'en alla.

Narcisse ne se douta de rien. Mais Simone, déjà énervée, dormit fort mal. Elle se doutait, depuis quelque temps, que son frère glissait sur une pente des plus dangereuses. Simone, d'instinct, avait l'horreur du jeu, non par scrupule de conscience, mais simplement parce qu'elle était une fille d'ordre, connaissant la valeur de l'argent, et l'appréciant trop pour le risquer stupidement sur une carte.

N'ayant aucune espèce d'influence sur Gaétan, qu'elle soupçonnait de la jalouser beaucoup, elle ne pouvait espérer le remettre elle-même sur la bonne voie. Et d'ailleurs, en vertu de quelle loi morale? Quand la religion n'a pas d'action sur un homme, où est le frein capable de l'arrêter? La machine embrayée roule jusqu'aux dernières profondeurs de l'abîme.

Qu'allait-il advenir de Gaétan? Et que se passerait-il quand leur père saurait la vérité? Car il ne manquerait pas de la savoir un jour ou l'autre. Cela était certain, fatal.

Simone, cette nuit-là, eut des cauchemars affreux. Elle rêva que le vieux moine et son frère se battaient avec fureur, dans l'abbaye, en se disputant un trésor, et qu'en voulant les séparer, elle succombait elle-même sous leurs coups.

L'impression lui en resta désagréable toute la journée du lendemain ; puis elle s'effaça graduellement, et, à la fin de la semaine, la jeune fille n'y pensait plus. Elle était bien trop absorbée par ses derniers préparatifs de la fête qui devait inaugurer son installation définitive à l'abbaye.

V

Enfin, le grand jour arriva ; l'aube du 24 juin se leva radieuse dans un ciel sans nuages.

Simone Liégaut ne se tenait pas de joie. Elle vibrait toute à l'approche du triomphe qui allait signaler à la fois sa majorité et sa fortune, devant le public élégant qu'elle s'était choisi elle-même. Cette fête, en un pareil cadre, la classerait infailliblement parmi les quinze ou vingt héritières les plus en vue de Paris. L'orgueil, chez elle, régnait en maître, et l'orgueil exultait à cette pensée. Mais, comme la jeunesse ne perd jamais tout à fait ses droits, la fille hautaine et froide commençait à se demander vaguement si elle ne verrait pas apparaître bientôt au tournant du chemin, dans la forêt de Chantilly, le prince charmant qui l'emporterait en croupe.

Vaine imagination à laquelle Simone n'eut garde de s'arrêter! La réalité [illegible] la réclamait trop. Ne lui fallait-il pas s'habiller, donner ses ordres, emmener son père, bien lui souffler son rôle en chemin?

Car Narcisse, quoiqu'il affectât plus d'assurance que jamais, ne laissait pas que de se sentir « dans ses petits souliers » à cette occasion. Et sa fille s'en apercevait bien. Dans un bureau, sur un chantier, l'entrepreneur ne craignait personne. Mais dans un salon, dans le sien surtout, c'était une autre affaire. La perspective de recevoir tant de beau monde *l'embêtait* prodigieusement au fond ; mais Simone l'avait voulu. Comment lui refuser ce plaisir pour son anniversaire? Et, d'ailleurs, s'il lui avait acheté une si magnifique propriété, n'était-ce point pour lui faciliter l'accès de la « haute » où, confusément, il souhaitait l'établir. La « haute », pour lui, c'était le milieu gouvernemental. Avoir un gendre préfet, par exemple, quelle gloire!

Aussi avait-il exigé de sa fille qu'elle envoyât des invitations à tous les fonctionnaires de la contrée, dont plusieurs avaient accepté avec empressement, chose parfaitement indifférente à Simone, qui s'était assuré, de son côté, la présence des gens de son choix. Marius Nouguès viendrait, c'était le grand point pour elle ; et Coralie avec son père ; et Nita, la petite Américaine, avec deux de ses frères ; et toutes les autres de l'atelier, sauf, bien entendu, la marquise de Huelvas. L'Espagnole s'était excusée poliment, sans un mot d'explication sur sa carte, laissant ainsi bien deviner ce qu'elle ne voulait pas dire. Ç'avait été la seule petite note discordante dans le concert tapageur de louanges dont Simone avait les oreilles rebattues.

Gaétan, de son côté, avait proposé une liste d'une dizaine de jeunes gens, pour mettre un peu d'animation dans la fête, disait-il. La plupart n'étaient que des métèques, deux ou trois pourtant portaient le titre de comte ou de vicomte, avec des noms à consonance française. Simone avait accepté la liste sans sourciller, parce que ces jeunes gens faisaient nombre, et parce qu'elle estimait, comme beaucoup de maîtresses de maison, qu'il faut toujours avoir plus d'hommes que de femmes dans une réunion mondaine.

Gaétan devait les amener lui-même à l'heure dite, sous prétexte de les présenter, s'évitant ainsi la route en tête-à-tête avec sa famille, qu'il fuyait systématiquement depuis l'[illegible] des dix louis.

Le père et la fille voyagèrent donc seuls dans leur landaulet, cahotant avec violence sur le « pavé du Roi », en dépit des amortisseurs les plus perfectionnés.

Le temps était splendide.

En arrivant à Pontarmé, Simone trouva déjà sous [illegible] le personnel du grand restaurateur parisien [illegible] avait fait venir pour confectionner et servir le dîner d'apparat. Les domestiques engagés pour le service habituel de l'abbaye qui étaient installés depuis deux jours. Elle avait amené avec elle sa propre caméristé, Marceline, qui trouvait « rigolo de nicher dans un repaire à frocards ».

Elle passa la dernière inspection de toute maîtresse de maison qui se respecte, s'habilla soigneusement, et attendit avec une impatience qu'elle n'essayait même pas de dissimuler. Car c'était sa première bataille, et il s'agissait de la gagner haut la main, si elle voulait être comptée parmi les « femmes chics » du Tout-Paris moderne.

L'invitation portait 7 heures, pour qu'on eût le temps d'admirer le cloître et les jardins avant de se mettre à table. Le 24 juin est le jour le plus long de l'année.

Ce furent les hauts fonctionnaires des environs qui arrivèrent les premiers, avec leurs épouses, parées de leurs plus beaux atours.

Simone les reçut sous les voûtes du cloître, où de légers rafraîchissements étaient préparés, en attendant le repas. Elle avait suivi le conseil discret du concierge. Des tables de bambou, des rockings-chairs égayaient les galeries gothiques. Et, sur l'ancien cimetière, merveilleusement nivelé et verdoyant, un luxueux tennis attendait les joueurs.

Le gros Narcisse, en habit, un œillet cramoisi à la boutonnière, éclatait de satisfaction en serrant les mains gantées de blanc des représentants de la République. On le complimentait de son acquisition, du parti qu'il en avait tiré. Il riait, il plaisantait.

— Ces moines? hein! quels gaillards tout de même! Nous ne bâtissons plus comme ça de nos jours!

Mais Jacquot, l'illustre Jacquot arrivait, important et narquois, flanqué de Coralie grinchue. La voix du tribun éclata en [illegible].

— Bonsoir, Père abbé! comment va? En appétit, j'espère!

On s'esclaffa de rire. Impayable, ce Jacquot, toujours!

Puis ce fut Gaétan et sa bande, auxquels Narcisse ne prêta guère attention, mais qui amenèrent d'aimables sourires sur les lèvres peintes de Mesdames les fonctionnaires. Gaétan présenta cérémonieusement ses camarades ; les noms ronflèrent :

— Monsieur le comte de la Roche-Noire!

— Monsieur le vicomte de Barbacane!

— Monsieur le prince Milan Bobichef.

Ah! ce prince! quel joli garçon avec ses yeux fendus en amande et ses dents si éclatantes de blancheur, dans son teint olivâtre! Quelle grâce langoureuse d'Oriental dans le moindre de ses mouvements! Coralie elle-même s'adoucit à sa vue.

Mais Simone venait de se lever, toute rose, pour accueillir Marius Nouguès. Dédaigneux de ses congénères, de leurs « sodas » et de leurs cigares, il s'assit près de son élève préférée, au milieu des femmes, et, les yeux attirés invinciblement par les colonnettes et les arcades, il ne put s'empêcher de faire à mi-voix, pour Simone seule, un petit cours d'architecture gothique. Elle buvait ses paroles. Elle n'entendait, ne voyait plus que Nouguès, à ce moment-là, non l'homme, certes, mais l'artiste, son maître, le pontife de la seule religion qu'elle connût.

Le brouhaha augmentait sous les voûtes ; on circulait, on appréciait bruyamment ; des éclats de rire fusaient, soulevés par des plaisanteries stupides. L'entrepreneur, très fier de ses travaux, s'emparait de tous ceux qui manifestaient la moindre velléité de visiter les dépendances et les jardins, offrait le bras aux dames pour les y conduire, expliquait, pérorait, trop heureux de se trouver sur son terrain de prédilection.

Il ne faisait grâce de rien à personne, ni du box, où se carrait le cob de sa fille, au bout de la longue écurie des moines ; ni du garage à autos installé dans leur grange ; ni de l'ancien vivier rétabli par ses soins, et où déjà frétillaient des poissons. La basse-cour était un modèle du genre, et les jolies volailles huppées arrachaient des cris d'admiration aux dames :

— Une petite fantaisie de ma fille, souriait modestement Narcisse.

Mais les jardins surtout l'enchantaient. Il n'y était pour rien, avouait-il, avec la plus fausse des modesties, car il avait payé horriblement cher un « paysagiste » pour les reconstituer dans le style de l'époque. Or, les documents faisant défaut sur la disposition des jardins au xve siècle — si tant est que les jardins eussent une disposition quelconque à ce moment-là, — il en était résulté, dans les plans du paysagiste, un ordre composite assez bizarre, tenant un peu du parc anglais, un peu du parterre « à la française », beaucoup des labyrinthes, rocailles et autres excentricités chères aux fils du « Soleil Levant ».

Les visiteurs ne s'en extasiaient que davantage.

Mais le jour baissait rapidement. Un carillon retentit dans le clocher de la chapelle. C'était le signal du repas.

On se dirigea solennellement au travers d'un couloir obscur, garni de « massacres » de cerfs, jusqu'à l'ancien chauffoir des moines, transformé déjà en salle à manger par Lord Norton. Simone avait bien ménagé ses effets. En sortant de la pénombre du corridor, les invités ne purent pas retenir une exclamation de stupeur devant l'aspect éblouissant de la salle du festin. La lumière électrique y ruisselait de partout, si savamment agencée qu'elle ne choquait point dans ce cadre moyenageux. Et les boiseries « reine Anne », commandées par l'Anglais à Londres et laissées en place, ne détonnaient point non plus, formant dressoirs et buffets tout autour de la pièce, et s'arrêtant de chaque côté de la cheminée monumentale, antique, sculptée par les moines, et représentant des anges pinçant de la cithare ou jouant de la viole.

La table, de quarante couverts, apparaissait chargée de fleurs ; des roses multicolores, des roses de toutes tailles et de toutes formes, rien que des roses, délicieusement disposées.

Marius Nouguès, placé à la droite de la jeune maîtresse de maison, eut un sourire et un mot approbateur, qui la payèrent largement de ses efforts :

— Ça, dit-il, ça vous ressemble, c'est exquis!

Le grand peintre, néanmoins, n'était pas gai. Son élève, qui le connaissait bien, sentait flotter sur lui comme une ombre de mélancolique regret. Que pouvait-il avoir? souffrait-il? ou bien la présence de ces fonctionnaires insipides, ou des imbéciles compagnons de Gaëtan, offusquait-elle son sens aigu du beau, gâtait-elle, pour lui, le régal de cette fête artistique des yeux?

Simone se le demandait, cependant que les convives, se bourrant de nourriture, ne criaient plus, ne riaient plus, parlaient à peine. Une seule voix s'élevait encore, argentine et un peu comique, celle de Nita Wolsey, qui, indifférente apparemment aux savoureuses délices d'une « carpe farcie à la russe », taquinait à outrance et sans pitié son langoureux voisin, le beau prince Milan Bobichef.

Mais, un peu plus tard, vers le rôti, et sous l'influence d'un certain « corton », les langues se délièrent à nouveau.

— La faim du monde est passée, dit, en se penchant vers Simone, Nouguès, qui ne dédaignait pas à l'occasion une facétie de rapin, et ces jouisseurs-là, devant votre « balthazar », se croient déjà installés dans le paradis de Mahomet.

Simone demanda sur le même ton :

— Croyez-vous qu'il y en ait beaucoup, parmi eux, capables d'apprécier les beautés de mon abbaye?

Nouguès éleva les mains et les yeux au ciel, en un geste tragi-comique :

— *Margaritas ante porcos*, murmura-t-il.

Cependant une vive discussion venait de s'élever, parmi les hommes, au sujet de l'Ordre religieux auquel avait appartenu l'abbaye de Pontarmé. Les uns tenaient pour les Chartreux, les autres pour les Trappistes ; un monsieur, retour d'Italie, et désireux d'étaler son savoir, parlait vaguement de Camaldules. Jacquot trancha, de sa voix tonnante :

— Je vous dis que c'étaient des Bénédictins, des moines noirs de Saint-Benoît, si vous aimez mieux. Je le sais bien, peut-être, puisque c'est moi qui ai été chargé de l'enquête sur leurs agissements dans ce pays-ci.

Cela intéressa vivement l'auditoire ; toutes les têtes se tournèrent vers le tribun.

Jacquot poursuivit, avec sa faconde et sa suffisance habituelles :

— Vous savez, c'étaient de rudes lapins, ces gaillards-là, tous des agrégés, des licenciés en lettres, en sciences, en droit! Ils m'en auraient remontré à moi-même!

Et, comme les fumées du vin lui troublaient déjà la tête, il ajouta imprudemment :

— Ceux qui parlent toujours de l'obscurantisme des moines me font tordre, vous savez! Ils sont plus calés que nous, je vous en réponds, et voilà pourquoi nous avons raison de les jeter par-dessus bord ; ils nous feraient honte!

Marius, pour la première fois de la soirée, se mit à rire franchement :

— Bravo, tribun! la vérité sort de la bouche de l'enfant terrible!

L'allusion au sobriquet de Jacquot parmi les gauches fit sourire discrètement autour de la table. On n'osait pas trop se prononcer par crainte du fameux *leader*, que beaucoup de gens redoutaient.

Mais Jacquot était lancé, et, trouvant un adversaire digne de lui, aussitôt il entama une joute oratoire, dont le peintre, brillamment, soutint le choc. Et si les âmes des vieux moines avaient erré par là, peut-être auraient-elles été assez surprises de l'oraison funèbre, en deux chœurs, chantée à leur mémoire par l'illustre maître et le fameux tribun.

Nouguès, à la fin, trouva moyen d'avoir le dessus, car il en avait plus long à dire que l'autre.

— Vous avez vu le cloître! cria-t-il avec enthousiasme, et les jardins, et les servitudes, et ce délicieux chauffoir! Mais le reste, mais le plus beau, vous allez m'en dire des nouvelles!

Et, entraîné par sa passion de l'art, oubliant les usages, il se leva brusquement, sans attendre le signal de Simone, tandis que les valets achevaient de passer les bols à la ronde.

Il y eut un petit tumulte, ponctué d'exclamations joyeuses :

— Allons voir le reste!

— Achevons la visite domiciliaire!

— Mademoiselle Simone, montrez-nous le chemin!

Il fallut défiler successivement dans l'ancien réfectoire, transformé en billard, où le service à café attendait le bon plaisir des hôtes, puis dans la salle du Chapitre, devenue une bibliothèque-salon ; puis dans l'infirmerie des moines, où Simone avait installé son atelier de peinture, avec le goût parfait dont elle semblait posséder l'apanage. Véritablement, on ne pouvait pas savoir laquelle de ces trois salles magnifiques l'emportait sur l'autre.

Marius en expliquait les caractéristiques avec eux, en faisait remarquer les proportions, les détails à ses élèves, s'adressant aussi à Jacquot, qu'il jugeait plus intelligent que les autres, malgré la coloration factice de son visage au sortir du festin. De Narcisse et de ses fonctionnaires, de Gaétan et de ses gom-[illegible] s'occupait pas. Est-ce que ces gens-là comptaient pour lui ; est-ce qu'[illegible] comprenaient l'art?

Mais le cortège arrivait à la chapelle. Un léger frisson secoua [illegible] de Simone. Qu'allait-on dire de son œuvre principale?

Les portes s'ouvrirent à deux battants. Un *ah !* d'admiration s'échappa de toutes les poitrines.

La chapelle apparaissait si étonnamment illuminée par des torchères électriques aux clochettes mauves, semblables à des colchiques de prairie, que les moindres nervures en ressortaient avec une merveilleuse netteté. Et ce n'étaient, le long des murailles, tapisseries bibliques, boiseries séculaires, tableaux religieux des vieux maîtres de l'Ombrie, statuettes polychromées. Puis, de-ci, de-là, disposés avec discernement, dans la nef ou le transept, une vieille chaire, un lutrin antique, des mannequins supportant des chapes en drap d'or et constellées de pierreries. Dans le sanctuaire, autour d'un petit orgue, d'anciens instruments de musique, deux ou trois agenouilloirs sculptés. Enfin, à la place même de l'autel absent, sur un socle assez élevé, une belle statue de pierre de la Vierge, tenant l'Enfant Jésus sur son bras gauche, et supportant de la main droite une sorte de reliquaire, en métal, au bout d'une chaîne.

Chose curieuse! En pénétrant dans cette chapelle, si tristement désaffectée, tous ces mécréants, d'instinct, avaient baissé la voix. Nouguès ne claironnait plus. Il dit à Simone, en lui montrant la statue de la Vierge :

— Elle doit venir de chez les moines blancs, frères cadets des moines noirs. Chez eux, cette *custode*, portée par la Madone, servait de tabernacle, pour y garder le Saint Sacrement.

De l'autre côté de la jeune maîtresse de maison, un magistrat quinquagénaire émettait, d'un air pincé, cette réflexion plutôt malveillante :

— Vous avez tenu, Mademoiselle, à garder à cet édifice un reflet de sa destination première. On n'y voit que des *bondieuseries*.

L'élève de Nouguès toisa le malappris d'assez haut :

— J'ai tenu, Monsieur, à garder à cet édifice son cachet propre du XVe siècle. A cette époque-là, les peintres ne représentaient pas encore d'orgies ni de bacchanales.

Mais l'atmosphère ambiante agissait déjà sur les invités de Narcisse. Un à un, discrètement, ils quittaient la chapelle et se dirigeaient vers les parages plus séducteurs du billard, où des liqueurs variées mettraient le comble à leur béatitude.

Marius Nouguès, bientôt, se trouva seul dans la chapelle, entouré de ses élèves auxquelles il continuait son cours.

Simone, alors, pour changer l'« effet », s'avisa d'éteindre brusquement l'électricité. Et le sanctuaire apparut faiblement éclairé par quatre lampes byzantines de cuivre, deux lueurs vertes et deux rouges, tremblotantes, autour de la Vierge de pierre.

— Epatant! ne put s'empêcher de s'écrier Coralie, remise de bonne humeur par le dîner ; on dirait un décor de théâtre!

— Oh! dit à son tour Nita, en joignant les mains, que c'est impressionnant, une telle lumière de deux couleurs, dans cette obscurité! Cela fait penser aux histoires surprenantes et si belles d'Hugh Benson! On s'attend de voir apparaître « l'ange debout au coin de l'autel, son encensoir d'or à la main »!

— Quel ange? demanda Simone.

Elle n'avait lu de Benson que le *Maître de la Terre* et n'y avait rien compris.

— Mais l'ange du monastère, donc! réplique la petite Américaine, toute pleine de son sujet. Quoi! vous ne connaissez point cette aventure! Ma chère! c'étaient des gens comme vous, qui avaient acheté une abbaye, arrachée à des moines ; et il y revenait un ange, dont la vue les épouvantait, en sorte que le fils de la maison a dû se faire catholique pour en finir!

Simone haussa légèrement les épaules.

— C'est une légende, j'imagine! fit-elle avec un peu de dépit.

Et, se tournant vers Nouguès :

— Peut-être ferions-nous bien de rejoindre les autres? Le café doit refroidir!

Toute sa joie triomphante était tombée.

Et jamais plus elle ne devait pénétrer dans la chapelle sans songer à l'ange, avec l'encensoir d'or évoqué par la petite méthodiste de Chicago.

VI

Simone, après la fête, resta dans sa nouvelle installation de Fontarmé. L'atelier de peinture fermait à la fin de juin. Rien ne rappelait plus la jeune fille à Paris. Et, d'ailleurs, elle était pressée de jouir en paix de sa magnifique installation.

— Tu t'ennuieras, toute seule, lui avait dit son père.

— Ici, et avec mes pinceaux, jamais!

Lui, Narcisse, presque tous les matins, partait en auto pour ses chantiers de la capitale, mais il revenait, chaque soir, fidèlement, dîner avec sa fille, trop heureux de la retrouver après une journée fatigante d'affaires. Il aurait voulu qu'elle invitât quelqu'une de ses amies pour lui tenir compagnie en son absence, Coralie Jacquot, par exemple, ou bien cette petite Américaine, si amusante et si gentille. Mais les amies de Simone l'excédaient toutes avec leurs réflexions.

— Fais des visites aux environs, alors, insistait Narcisse. Toutes ces dames paraissent fort agréables. Elles viendront volontiers prendre le thé avec toi.

— Elles m'ennuient, répondait Simone, je les trouve sottes.

Le gros homme n'osait pas se fâcher, mais il pensait à part lui :

— C'était bien la peine de faire tant de frais!

Mais Simone se trouvait parfaitement heureuse ainsi. Elle jouissait égoïstement des merveilles entassées pour elle seule, pour satisfaire ses goûts artistiques et dispendieux. Chaque matin, de bonne heure, elle sortait, profitant de la fraîcheur, et promenait son gros cob rouan et son tonneau verni dans les allées ombreuses de la grande forêt princière. Un homme sûr l'accompagnait toujours. Elle emportait une boîte de paysage, et ne manquait pas de s'arrêter dans un joli site pour y brosser « de chic » une amusante étude. Tantôt elle suivait la Thève et gagnait les étangs de Commelles, où se dresse poétiquement le gracieux castel de la Reine-Blanche ; tantôt, par la Chapelle-en-Serval, elle se rendait à Mortefontaine où sont restés [illegible] les souvenirs du piètre roi Joseph. Ou bien elle s'en allait errer sous les ombrages d'Ermenonville, autour de la fameuse Butte-aux-Gens-d'Armes où foisonnent les lapins. Il lui arrivait souvent de rencontrer en un layon désert quelque horde de grands animaux rentrant du « gagnage ». Alors le cob s'arrêtait, pointait les oreilles, et son palefrenier, qui était du pays, un ancien « homme de suite » aux chasses, lui expliquait verbeusement la différence entre une « troisième et une quatrième tête » chez les cerfs ou chez les daims. Elle aimait à le faire causer, parce que le sujet de ses discours lui plaisait. Elle aurait [illegible] souhaité suivre une chasse. Mais ce n'était pas la saison.

— Les chiens n'avaient plus de « sentiment », disait Firmin, parce que les bois « empoisonnaient » les fleurs.

Il arrivait plus rarement à la jeune fille [illegible] un être humain dans la forêt. Quel[illegible] hasard, un garde, un bûcheron, [illegible] comptait pas.

Un jour, au débouché d'un layon sur une route, elle se trouva brusquement en face de deux officiers de hussards à cheval. Ils durent arrêter leur monture pour la laisser passer, mais ils ne la saluèrent point, et Simone s'imagina qu'ils l'avaient regardée insolemment.

On ne lui avait pas appris à beaucoup estimer les militaires. Narcisse professait des théories plutôt antimilitaristes. Et son frère, depuis son passage au régiment, où il avait fait cent soixante-quinze jours de prison, ne cessait pas de déblatérer contre les « brutes galonnées de toutes les catégories ». Ces appréciations de sa famille avaient fini par déteindre sur elle naturellement. Et, d'ailleurs, dans son esprit prévenu, le sabre tenait de trop près au goupillon pour ne pas être enveloppé, par elle, dans la même dédaigneuse indifférence. Prêtres et officiers, religieux et soldats, tout cela lui semblait autant d'anomalies d'un autre âge, bien mal à leur place dans la civilisation perfectionnée du XXe siècle.

Mais un autre jour, un matin, de bonne heure, Simone étant en train de « croquer » un très vieil arbre, d'une forme étrange, en bordure sur le pavé du Roi, elle vit venir un tout jeune homme, à pied, fort modestement vêtu, et portant, lui aussi, à la main, son léger bagage d'artiste, une boîte et un pliant.

Or, une grosse borne, manifestement ancienne, placée sur le bord de la route, près de la jeune fille, l'intriguait beaucoup. Elle pensa que ce jeune artiste pourrait peut-être la renseigner, et se permit de l'interpeller au passage ; entre confrères, on ne se gêne pas.

— Pardon, Monsieur, vous seriez bien aimable de me dire quelles sont les armoiries gravées sur cette vieille borne?

Le jeune homme s'arrêta net, et se découvrit. Simone vit qu'il était extrêmement pâle, et remarqua la douceur et la [illegible] infinies de ses yeux bleus. Il répondit poliment, mais sans empressement [illegible]

— Ce sont les armoiries accolées des maisons de Condé et de Montmorency, Mademoiselle. Vous savez sans doute que le domaine de Chantilly a été apporté en dot par Charlotte de Montmorency, dernière du nom, au prince Henri de Condé, sous le règne du roi de France Henri IV.

— Je vous remercie beaucoup, Monsieur, répondit Simone.

Elle pensait que ce jeune homme, peut-être, lui « blasonnerait » les deux écus, ou bien qu'il s'intéresserait à son croquis, puisqu'il paraissait lui-même devoir prendre des vues dans la forêt. Mais, sans s'attarder davantage, il s'inclina courtoisement, et continua sa route.

Un peu après, quand Simone fut remontée en voiture, elle demanda négligemment à Firmin :

— Connaissez-vous ce petit jeune homme? Est-il de ce pays-ci?

— Mademoiselle ne le savait pas? reprit Firmin en écarquillant de grands yeux, mais c'est M. Henri Guiscard!

— Ah! très bien! fit Simone avec insouciance.

Car pour rien au monde elle n'aurait voulu laisser soupçonner à ce domestique la curiosité soudaine que sa manière de répondre venait d'éveiller en elle. Qui pouvait bien être cet Henri Guiscard? Une célébrité artistique locale? Mais non, ce n'était pas possible, un si jeune homme, plus jeune qu'elle, peut-être, presque un enfant. Elle se perdait en conjectures.

Le soir, en tête-à-tête avec son père, elle lui demanda :

— Connais-tu des Guiscard par ici? Sont-ce des gens de Pontarmé?

— Guiscard? Connais point. Pourquoi me demandes-tu ça, petite?

— Parce que j'ai rencontré ce matin, en forêt de Chantilly, un petit jeune homme qui allait peindre ou dessiner, et que Firmin m'a dit se nommer M. Henri Guiscard.

L'entrepreneur se mit à rire.

— Ah! ah! Mademoiselle ma fille rencontre des petits jeunes gens en forêt, et des artistes par-dessus le marché! Elle ne va pas s'amouracher d'un rapin, j'espère!

Le gros homme se frottait les mains, parce que cet inoffensif épisode lui facilitait l'entrée en matière pour une communication assez embarrassante. Justement, l'un des principaux magistrats, invité l'autre jour, venait de lui faire des ouvertures au sujet d'un jeune collègue, appelé au plus bel avenir, et fort désireux de prendre femme.

Aux premiers mots de son père, Simone coupa froidement :

— Est-ce qu'il est riche?

— Ma foi! je n'en sais rien! répondit Narcisse interloqué. Je n'ai pas pensé à le demander au procureur. Il me semblait que tu en avais assez pour deux.....

— Et tu t'imagines que j'épouserais un misérable! s'écria Simone avec emportement, jamais de la vie!

— Mais, ma fille, tu ne réfléchis pas qu'il y aurait compensation, puisque ce monsieur a un si bel avenir!

— D'abord, l'avenir, on ne le tient pas! Et puis, qu'est-ce que c'est qu'une place aléatoire, dépendant du moindre changement de ministère? Je veux du solide, moi!

— Je t'ai offert un marchand de fourrage, il y a six mois, dit Narcisse d'un air penaud, tu n'en as pas voulu ; il avait une situation personnelle pourtant!

— Un vieux gâteux, il était tout chauve!

— Ah! s'il faut être à la fois millionnaire et joli garçon, ma chère! s'écria l'entrepreneur, qui perdait patience à la fin, tu pourras bien coiffer sainte Catherine un beau jour!

Elle sourit de la vieille expression cléricale échappée à son père.

— Ne va pas parler de sainte Catherine devant ton procureur, au moins, ça te compromettrait.

Mais Narcisse n'avait pas envie de rire. La résistance de sa fille à ce beau projet de mariage l'irritait. Il avait toujours rêvé d'avoir un gendre « dans le gouvernement ». Au dire du procureur, son candidat aurait été à la veille de devenir avocat général. C'était une belle situation que celle-là. Quel dommage!

Narcisse dormit assez mal. N'osant pas trop pousser dans ses derniers retranchements sa fille, qu'il traitait toujours un peu en idole, ne connaissant pas bien le fond de son âme, il en venait à se demander si elle n'avait pas quelque inclination secrète irréalisable peut-être. L'idée lui vint tout à coup que Simone devait aimer Nouguès, et cette idée le bouleversa.

L'artiste, personnellement, lui déplaisait, avec ses façons familières et narquoises, son air de pince-sans-rire, qui déroutait le gros homme. En outre, il était veuf, approchait de la cinquantaine et passait pour un panier percé. Mais ce n'était pas tout encore. N'allait-il pas jusqu'à se permettre de fronder le gouvernement? Non pas que Marius fût précisément un clérical, non. Mais ce n'était pas un « vrai » républicain. Il ne faisait partie d'aucune loge, d'aucun Comité radical ni socialiste. Ce n'était pas avec un gendre de cet acabit-là que Narcisse parviendrait à se pousser dans les hautes sphères gouvernementales. Ah! quel malheur si cette petite sotte de Simone s'était férue de ce grand fou de Nouguès!

L'entrepreneur s'en tracassait tant que, n'osant pas s'en expliquer directement avec sa fille, il résolut de s'en ouvrir à

Gaétan, démarche bien extraordinaire de sa part, et dénotant le trouble de son état d'esprit.

Depuis l'installation de Simone à Pontarmé, le père et le fils avaient coutume de déjeuner en tête-à-tête dans l'appartement de la rue Legendre, où était restée une cuisinière à leur usage. Inutile d'ajouter que ce repas familial constituait « une rude corvée » pour le jeune homme. Mais Narcisse y tenait, et son digne fils craignait trop de lui voir supprimer ses subsides pour le mécontenter.

Aux premiers mots de l'entrepreneur sur Marius Nouguès, Gaétan pouffa de rire.

— Lui! par exemple! Non, papa, tu es trop drôle! Tu me fais tordre! Oh! la! la! Ma sœur amoureuse d'un bonhomme qui a ton âge! Pas si niaise, la mâtine!

— Est-ce que tu crois qu'elle aurait, par hasard, une autre inclination? demanda anxieusement Narcisse, qu'une nouvelle inquiétude assaillait.

— Je crois qu'elle serait toute disposée à se marier avec un « type » dans mon genre, jeune et bien tourné, répondit effrontément Gaétan, auquel sa sœur n'avait jamais fait l'ombre d'une confidence à ce sujet.

Narcisse réprima difficilement une grimace. Un « type » dans le genre de son fils ne lui aurait pas du tout convenu comme gendre, oh! non.

Cependant, rassuré sur les sentiments de Simone à l'égard de son maître de peinture, il s'abstint de commentaires inutiles et prêta même l'oreille avec bienveillance à une proposition inattendue de son fils, exprimée dans le style élégant qui lui était propre.

— Dis, papa, ça t'embêterait-il trop si je t'amenais un copain samedi soir à Pontarmé, jusqu'à lundi? Parce que, tu sais, moi, ce que je m'y rase le dimanche.

— Amène-le, ça m'est égal.

Puis, par réflexion :

— Qui est-ce donc?

— Le prince Milan Bobichef, lui répondit négligemment son fils.

Une caractéristique bizarre des sectaires les plus farouches, c'est leur engouement irrésistible pour tous les titres nobiliaires, les exotiques surtout.

Certes, Narcisse, comme ses pareils, déblatérait systématiquement contre les aristocrates, au cercle ou à la Loge. Mais l'idée de ce prince balkanique, amené sans façon chez lui, à la campagne, pour y passer le dimanche en famille, comme « copain » de son fils, eut pour effet immédiat, en chatouillant sa vanité, d'amener un sourire indulgent sur ses lèvres.

— Ah! c'est ce grand jeune homme brun! Il m'a paru fort bien, extrêmement poli; je ne demande pas mieux que de le recevoir.

Gaétan se garda de manifester une satisfaction trop débordante. Au fond, il était ravi de la tournure des événements, car il avait de bonnes raisons pour satisfaire son prince; et le hardi projet qu'il avait conçu depuis longtemps à son égard lui semblait singulièrement favorisé par les récentes confidences de son père.

Le prince Milan Bobichef vint donc de nouveau à Pontarmé. Il arriva le samedi soir, avec son cher ami Gaétan, dans une voiturette qu'il conduisait lui-même. On dîna cérémonieusement — le gardénia à la boutonnière, — et après le dîner, dans la bibliothèque, où Simone avait fait installer un grand Erard magnifique, le prince exécuta, jusqu'à minuit, les plus brillants morceaux de son répertoire. Car c'était un artiste en plusieurs genres, et on ne pouvait pas nier le talent avec lequel il savait interpréter les maîtres passionnés de la musique, Schumann et Chopin surtout.

Cependant le prince, visiblement, n'agréait point à Simone. Il avait beau lui couler les plus langoureux de ses regards, loin [illegible], on eût dit plutôt que ces regards l'éloignaient du beau Serbe.

Gaétan avait eu soin de proposer [illegible] sœur, pour le dimanche [illegible] dans l'auto du prince. Elle n'avait répondu ni oui ni non. Mais quand les deux jeunes gens descendirent vers 9 heures, on leur dit que Mademoiselle était sortie depuis longtemps avec son cob.

— Allons à sa recherche, proposa galamment le prince.

Mais comment retrouver le léger équipage dans les quatorze mille hectares de la forêt de Chantilly, sans compter les forêts [illegible] d'Ermenonville, de Coye, d'Halatte, etc.? On ne se rejoignit qu'à la table du déjeuner, à midi sonnant.

La promenade solitaire de Simone avait dû lui réussir, d'ailleurs, car elle se montra moins sauvage que la veille, et accepta d'assez bonne grâce la nouvelle suggestion de Gaétan.

— Si on allait tous ensemble dans l'auto de papa visiter le château de Chantilly? Paraît que c'est très curieux.

— Va pour Chantilly, acquiesça la jeune fille.

Peut-être jugeait-elle difficile de s'abstenir de nouveau.

Mais elle revint exaspérée de son excursion. Un complot se tramait sûrement contre elle. Car, tout le temps qu'avait duré la visite du musée, Gaétan, contrairement à toutes ses habitudes, s'était accroché à leur père, la laissant ainsi sans défense, livrée aux flagorneries outrées du prince, dont les soupirs, et les œillades, et les discours incohérents, lui avaient fait clairement entendre qu'il se mourait d'amour pour elle.

Or, cet être mielleux, qu'elle devinait de l'espèce féline, lui déplaisait souverainement. Très droite par nature, trop franche peut-être, elle détestait les fourbes. Et, parfaitement consciente de son mérite, la banalité des compliments l'écœurait. Aussi, à peine rentrée chez elle, prenant seulement le temps de se dépouiller de ses voiles d'auto, s'enfuit-elle au hasard dans Pontarmé, pour échapper au Serbe qui ne manquerait pas de la poursuivre de ses fadeurs dans tous les coins de l'abbaye.

Le hasard la conduisit sur la place de l'église, la fit s'arrêter un instant, étonnée, devant le modeste édifice qu'elle ne connaissait pas. Puis l'idée lui vint d'y entrer un peu pour s'y reposer, y rassembler ses esprits.

L'église, en quittant l'éclatante lumière de la place, lui parut obscure. Un vague parfum d'encens y flottait, car on y avait donné le Salut quelques instants auparavant. Simone s'assit à l'entrée et regarda machinalement autour d'elle. Comme architecture, ça ne valait certes pas la chapelle de l'abbaye. Mais tout y était propre, paré et en ordre. Des cierges, devant une statue, brillaient. D'abord la jeune fille ne distingua personne dans la nef. Mais, peu à peu, ses yeux s'accoutumant à la pénombre, il lui parut que deux formes noires se tenaient agenouillées devant le chœur. Elle n'y prit point garde et songea. Ainsi ce monsieur, ce soi-disant prince, en voulait à sa bourse? Est-ce qu'il était prince vraiment? Un Serbe! Allez donc chercher ses titres de noblesse là-bas! Il avait l'air d'un tzigane. Certes, il jouait bien du piano, très bien. Mais quant au reste, brrr! Cet homme-là lui faisait horreur!

Simone s'énervait de plus en plus, en ressassant ses griefs contre le beau Milan — véritable oiseau de proie, pensait-elle, — quand son attention fut attirée soudain par les deux formes noires qui descendaient l'allée.

A leur vue, elle oublia tout, car elle venait de reconnaître le petit jeune homme de la forêt, Henri Guiscard, soutenant un vieillard décharné, un moine, *le moine* de l'abbaye!

Un frisson secoua la jeune fille. Une peur foudroyante, irrésistible, l'hypnotisa sur place, lui dilatant les yeux, lui faisant dévorer du regard ce fantôme noir qui s'avançait.

Le moine, appuyé d'une main sur son bâton, de l'autre sur le bras de son guide, marchait à très petits pas. Mais, si courbé qu'il fût, il avait relevé la tête, surpris, sans doute, par l'apparition de cette jeune inconnue dans l'église. Et ses yeux de flamme sombre la cherchaient, la fouillaient jusqu'au tréfonds de l'âme. Devinait-il la fille de l'usurpateur? Ses yeux ardents tout à coup s'adoucirent ; et, ralentissant encore sa marche chancelante, comme il la frôlait de sa robe noire, voilà qu'elle l'entendit murmurer d'étranges paroles latines.

Venait-il de lui jeter un sort?

VII

— Mon cher, dit le prince Milan avec un peu d'aigreur à son ami Gaétan Liégaut, le lendemain, mon cher, ta sœur me semble une beauté assez farouche. Sans me vanter, je puis avouer sincèrement que je ne rencontre pas souvent d'indifférentes. Elle, c'est à peine si je l'ai trouvée polie. Et je lui en avais fait des compliments toute la journée, en veux-tu, en voilà!

Gaétan, vexé, bégaya confusément :

— Elle devait être malade. Tu as bien vu sa tête, le soir, à dîner. Elle faisait peur. Les femmes, faut toujours que ça aie des migraines, des névralgies, que sais-je?

— N'empêche, mon cher, continua le prince d'un ton plus accentué, que si la demoiselle se refuse à notre combinaison, il faudra nous arranger pour régler autrement nos petites affaires!

— Mais tu ne lui as fait aucune proposition jusqu'à présent? cria Gaétan fort agité.

— Mon cher, je l'ai *pressentie* tant que j'ai pu. A moins d'être une oie, elle ne peut plus douter de mes sentiments, et je suis persuadé qu'elle n'a rien d'une oie. Je ne peux pas aller plus loin moi-même. Non. Ma dignité s'y oppose. Un prince ne saurait s'exposer à un refus qui serait pour lui une injure. Maintenant, c'est à toi d'agir.

Gaétan changeait de couleur à vue d'œil.

— Mais pourquoi ne ferais-tu pas ta demande officielle à mon père?

— Ce n'est pas l'usage de mon pays.

En réalité, le Serbe se rendait très bien compte qu'il n'était pas le gendre souhaité par Narcisse, que sa seule chance d'empocher la grosse dot de l'héritière était de l'éblouir elle-même par son titre et ses beaux yeux.

Gaétan essaya de se dérober encore.

— Ma sœur ne m'écoute pas ; elle n'en fait jamais qu'à sa tête ; elle croira que je plaisante.

Milan lui posa la main sur le bras, une longue main aux doigts singulièrement déliés :

— Mon cher, débrouille-toi comme tu l'entends. Tu connais nos conventions. Permets-moi de te rafraîchir la mémoire. Tu me dois, en ce moment, cent quatre-vingt-dix louis, perdus au jeu — dette d'honneur pour tout homme qui se respecte. — Je veux bien te les remettre si tu t'arranges pour me faire épouser ta sœur dans un délai de trois mois. Si elle s'y refuse ou si tu refuses de t'y employer, tu ne trouveras pas mauvais que je te réclame mon argent dans le même délai fatal.

— Je parlerai à ma sœur! s'écria Gaétan avec la résolution du désespoir.

Simone fut assez surprise, deux jours après, de voir son frère arriver le soir, de Paris, avec leur père. Elle le plaisanta même un peu, lui demanda s'il était malade, pour venir se mettre au vert. Il prétexta la chaleur, qui devenait intolérable à Paris.

— Encore un peu de patience, fit Narcisse avec bonne humeur. Nous n'avons plus que quelques jours à rôtir sur le pavé de bois. Dès le 1er août, nous nous donnerons congé tous les deux, mon fils, et nous viendrons jouir à notre tour des délices de Capoue dans cette chère abbaye, comme de braves moines.

Et riant de sa plaisanterie favorite, l'entrepreneur attaqua vigoureusement son potage.

Simone observa que son frère touchait à peine aux plats. Elle devina quelque chose de louche.

— Il va m'emprunter encore dix louis, pensa-t-elle.

Mais quand Gaétan, l'ayant suivie sous le cloître, se mit à lui parler du prince Milan Bobichef, elle eut un de ces transports de colère qu'aucun frein religieux n'avait jamais enrayés chez elle.

— Qu'est-ce qu'il t'a donné pour ta commission? s'écria-t-elle avec emportement. Tu ne me feras pas croire que tu agis pour mon bonheur! Moi! épouser un aventurier pareil! Tu ne me connais donc pas! Tu me prends pour une idiote!

Gaétan, exaspéré, riposta :

— Il te vaut bien, mon ami, va, pimbèche! Il te fait trop d'honneur en daignant te demander ta main; en t'offrant de t'élever jusqu'à lui! Si tu te figures qu'il est en peine de trouver une femme!

— Eh bien! qu'il en prenne une autre et qu'il me laisse tranquille! Et ne t'avise pas de le ramener ici, je le ferais jeter à la porte!

— Tu t'en repentiras un jour, malheureuse! hurla Gaétan, au comble de la fureur.

Simone rentra violemment dans son appartement et s'arrangea, le lendemain matin, pour ne pas revoir son frère avant son départ pour Paris.

Elle demanda sa voiture plus tôt que de coutume et partit dans la direction de Senlis, avec l'intention bien arrêtée de faire une promenade immense par la forêt d'Halatte, à l'effet de se calmer les nerfs.

Elle demeurait convaincue qu'il y avait *un dessous* à la proposition de son frère. Cette demande en mariage, par procuration, n'était pas naturelle. Ce Milan avait dû promettre la forte somme à Gaétan pour essayer de la faire marcher. Qu'est-ce que cela voulait dire? Dans quel but agissait ce Milan? L'idée ne lui vint pas qu'elle pouvait être, de sa personne, l'enjeu des pertes au baccarat de son frère.

Heureusement que le cob ne manquait pas d'endurance, car sa maîtresse lui fit fournir, ce matin-là, une trotte à rendre fourbus bien des chevaux. Et cependant, si on avait demandé à

Simone, après cela, par où elle avait passé, elle n'aurait pas su le dire.

Elle déjeuna toute seule, après sa promenade, et la journée lui parut interminable.

— Est-ce que je m'ennuierais? se demanda-t-elle avec angoisse.

Et cette pensée l'empêcha même de peindre.

Elle passa l'après-midi étendue sur une chaise longue de rotin, sous les arcades du cloître, à rêver avec amertume sur son sort. Pourquoi voulait-on la forcer à se marier? Son père et son frère s'étaient-ils donné le mot pour la persécuter à tour de rôle? Cela l'exaspérait. Non qu'elle fût éloignée du mariage, *en principe*. Mais elle prétendait se marier elle-même, choisir son mari à sa guise. Et alors, laissant errer son imagination sur tous les hommes qu'elle connaissait, de près ou de loin, elle chercha lequel pourrait bien lui plaire. Mais elle n'en trouva aucun.

Son père, en rentrant le soir, la vit si songeuse qu'il s'en inquiéta un peu.

— Es-tu malade? lui demanda-t-il, ennuyé.

— J'ai la migraine, lui répondit-elle.

Et ce lui fut un bon prétexte pour se dispenser de toute conversation pendant le repas et pour se retirer de bonne heure dans son appartement.

Mais elle ne dormit guère, et quand, lasse enfin de se retourner sur son lit, elle ferma les yeux, ce fut pour rêver au prince charmant et inconnu qu'elle ne trouverait sans doute jamais.

Le cob, ainsi que la veille, pour distraire sa jeune maîtresse, fournit une randonnée terrible.

Mais, en revenant par Mont-Lévêque, un peu après avoir passé la Nonette, le pauvre animal prit un « clou de rue » et se mit à boiter fort bas. Fâcheux contretemps, car l'heure s'avançait et toute la forêt de Pontarmé restait à traverser encore, avant de rentrer au logis.

Simone descendit de voiture. Firmin leva le pied du cheval pour essayer de retirer le clou. Mais la bête, qui souffrait, se débattit avec violence.

— Je rentrerai à pied, déclara Simone.

— Mais, Mademoiselle, observa le domestique, cela n'empê

chera pas le clou de s'enfoncer encore plus avant. Cela finira par attaquer l'intérieur du pied, la *fourchette*, même avec une voiture vide, même sans voiture ; le cheval ne doit pas marcher du tout tant qu'on ne lui aura pas enlevé ça.

Dans cette conjoncture fâcheuse, un secours providentiel leur vint. Un cavalier se montra au bout de la route, la traversant au pas. Firmin le héla sans façon. Le cavalier tourna bride et accourut au galop.

A mesure qu'il approchait, Simone se rendait compte que ce n'était pas un piqueur ou un cocher, comme elle l'avait cru d'abord, au sans-gêne de Firmin, mais un homme du monde, à tournure militaire, quelque officier en civil, sans doute.

Elle en fut contrariée et crut devoir s'excuser poliment près de l'inconnu.

Firmin, moins scrupuleux, expliquait déjà verbeusement la mésaventure survenue au cob.

Le cavalier sauta légèrement à terre, attacha son cheval à un arbre, et, chargeant le palefrenier de tenir le pied du cob, il se mit en devoir de lui extirper son clou avec un petit instrument qu'il tira de sa poche. En deux minutes, l'opération fut faite.

Simone se confondit en remerciements, ajoutant, avec une nuance d'embarras :

— Mon père et moi, Monsieur, nous serions bien heureux de savoir à qui nous sommes redevables de ce très grand service.....

— Votre domestique vous le dira, Mademoiselle, répondit l'inconnu, en saluant poliment de fort loin.

Et, enfourchant son cheval, il repartit au galop, comme il était venu, laissant Simone à la fois vexée, intriguée et troublée de l'aventure.

Car l'idée du prince charmant, rencontré au hasard, s'imposait implacablement à son esprit.

Cependant, Firmin regardait détaler le jeune homme avec admiration.

— Ce qu'il monte bien, tout de même, le lieutenant Guiscard!

— Guiscard! encore!

Simone se sentit rougir davantage.

— Est-ce que c'est le frère du petit M. Guiscard de l'autre jour? demanda-t-elle involontairement.

— Non, Mademoiselle, c'est son cousin.

Et, confidentiellement, l'homme ajouta :

— C'est celui qui a refusé de marcher contre l'abbaye, dans le temps. Mademoiselle a dû entendre raconter l'histoire. Il était en garnison ici près, à cette époque-là. On l'a mis à pied. Mais il a repris du service au Maroc, et il en revient « à cette heure » avec deux blessures et la croix. Mademoiselle a vu son ruban rouge?

Non, elle n'avait rien vu qu'une belle figure de glace, et des yeux noirs qui lui en rappelaient maintenant deux autres. Une question lui brûlait les lèvres qu'elle hésitait à formuler dans son trouble. Mais son palefrenier la prévint.

— M. Robert, celui-ci, et M. Henri, l'autre, expliqua-t-il, sont les neveux du vieux Dom Guiscard, l'*ancien moine*, dont Mademoiselle a dû entendre parler, bien sûr?

Elle fit un signe d'acquiescement, sans répondre.

Firmin, lancé, ne s'arrêtait plus. Comme la route était longue et que le cob ne pouvait aller qu'au pas, le brave homme eut le temps de narrer à sa jeune maîtresse toute l'histoire de la famille Guiscard.

— Des bien bonnes gens, quoique des cléricaux enragés. Mais chacun a ses opinions, pas vrai? Faut pas discuter là-dessus.

Cependant, le pied de l'intéressant Malcolm réclamant les soins du vétérinaire et quelques jours de repos, Simone, qui commençait à s'énerver de son isolement à l'abbaye, chargea son père de lui ramener Coralie Jacquot pour la distraire. La fille du tribun n'était, certes, pas toujours agréable. Elle enlevait volontiers « la pièce et le morceau » par ses réflexions acerbes. Mais mieux valait encore la plus hargneuse des créatures humaines que la solitude et le silence sépulcraux de ces voûtes où l'imagination frappée de Simone commençait à craindre de voir apparaître des ombres ou de percevoir l'écho des gémissements de l'au-delà.

Coralie ne se fit pas prier. Elle arriva aussitôt, avec sa boîte de paysage et une demi-douzaine de toiles à peindre. Elle paraissait de très bonne humeur, enchantée, sans doute, d'échapper un peu à l'étouffoir de la capitale.

— Nous irons en Suisse le mois prochain, expliqua-t-elle, mais le *patron* est retenu encore à Paris avec toutes ses histoires de politique. Ce que ça m'assomme!

Elle déclara, en se couchant, qu'elle se lèverait « avec le jour », et sortit triomphalement de sa chambre, le lendemain, à 8 h. ½.

— Hein! ma chère! ce que c'est que de vivre à la campagne! On suit le chant du coq!

Tout de suite elle se dirigea vers la forêt « pour faire du plein air », Simone la suivit. Elles s'intallèrent à trois pas l'une de l'autre, prirent le même « sous-bois » comme objectif, et ne purent s'empêcher de rire en examinant mutuellement leurs œuvres, quand elles eurent fini, tant leurs pochades se ressemblaient peu. Jamais on ne se serait douté qu'elles avaient peint le même coin de taillis.

— Et on appelle ça travailler « d'après nature »! s'écria Simone.

Mais, après le déjeuner, Coralie trouva qu'il faisait trop chaud pour « s'esquinter à peindre ». Et, tandis que Simone, dans son bel atelier, reproduisait sur un panneau de bois une délicieuse aiguière florentine, son amie se jeta dans un fauteuil et se mit à raconter les derniers potins du jour avec les raffinements de méchanceté dont elle était coutumière.

Après avoir ainsi accommodé à sa façon une quantité de leurs connaissances, Coralie rapprocha un peu son fauteuil et baissa la voix pour dire à Simone.

— Vous savez, votre frère? il est en train de s'embaucher dans une jolie bande d'aigrefins. Tous ces marquis et tous ces princes, ils ne valent pas cher! Ça finira par leur jouer un mauvais tour! Je vous préviens par amitié, ma petite!

— [illegible], répondit Simone, qui savait bien le contraire. Mais, [illegible], ma bonne, puisque vous êtes au courant de cette clique, est-ce qu'on y joue gros jeu?

— Si on y joue gros jeu? s'écria l'autre en bondissant. Mais on n'y fait pas autre chose! Tous les soirs, on se réunit dans un endroit différent pour dépister la police! Et le *patron* prétend qu'on s'y sert de cartes biseautées, ma petite!

Simone était devenue très pâle. Une lueur terrible venait de se faire dans son esprit. Mais, ne voulant rien laisser paraître de son émotion devant son *amie*, affectant de croire à la sincérité de sa tendresse, elle lui dit dans l'oreille :

— Tâchez donc de savoir toute la vérité au sujet de mon frère : vous me rendrez [illegible] service!

— Vous voulez savoir où il en est de ses pertes de jeu?

— Oui.

— Vous le saurez, je vous le promets, ma petite.

— La bête a jeté son venin, pensa Simone ; le but de son voyage est rempli. Elle ne restera plus longtemps à Pontarmé.

Mais, en cela, Simone se trompait. Coralie resta cinq jours. Sans doute se trouvait-elle bien au régime de l'abbaye, ou espérait-elle assister, dans les coulisses, à l'entrevue du frère et de la sœur, le dimanche.

Peut-être se figurait-elle qu'un des « aigrefins » de la fameuse bande accompagnerait Gaétan. Mais le fils de la maison ne parut point.

En revanche, Narcisse, pour faire honneur à la fille de Jacquot, invita, le dimanche soir, les principales notabilités gouvernementales des environs.

Coralie, fort effacée le jour de l'inauguration par la présence rayonnante de son père, eut soin de se mettre en lumière avec adresse, joua l'Egérie du grand homme, prit des airs mystérieux sur les prochaines combinaisons ministérielles et n'eut pas de peine à tenir le dé de la conversation toute la soirée.

Simone, qui la connaissait pourtant bien, la regardait avec étonnement et se disait :

— Comme elle est bien dans son milieu, parmi tous ces gens-là, si mesquins d'esprit, si infatués de leur situation, et si plats devant le pouvoir en même temps! C'est curieux, moi, je m'y sens dépaysée, au contraire!

VIII

Le lieutenant Robert Guiscard n'avait rien d'un rêveur. C'était un garçon positif, et un caractère net et résolu, qui avait coutume de toujours envisager les situations bien en face. Lorsqu'il avait été commandé de service, quelques années auparavant, pour expulser les Bénédictins de l'abbaye de Pontarmé, c'était d'un geste parfaitement réfléchi qu'il avait ordonné demi-tour à son peloton, sachant très bien que ce geste-là pouvait lui coûter sa carrière, c'est-à-dire le sacrifice le plus cruel au monde. Ses camarades disaient de lui en riant, comme d'un cheval bien dressé : « Il est *mis au bareton*, il ne fait jamais d'écarts, et jamais il ne s'emballe. »

Aussi, ce matin-là, dans la forêt, quand il avait vu de loin le palefrenier, qu'il connaissait, lui faire signe, s'il était accouru au galop, c'est qu'il devinait un accident quelconque, et n'était pas de ceux qui refusent de porter secours, même à leurs pires ennemis. Car les usurpateurs de l'abbaye de Notre-Dame étaient à ses yeux des ennemis irréconciliables, parce qu'en révolte ouverte contre les lois les plus sacrées de l'Eglise.

Mais, s'il arrivait en garde contre une jeune fille effrontée, poseuse et coquette, le seul regard qu'il avait jeté sur Simone l'avait étrangement surpris.

Il dit, à déjeuner, chez sa tante, en déployant sa serviette :

— Figurez-vous que je viens de converser en forêt avec la fille de cet odieux bonhomme, qui joue le châtelain à l'abbaye!

— Comment cela? s'écria Mme Guiscard.

— Oh! le plus naturellement du monde, ma tante! Je traversais un layon au pas, quand j'y ai aperçu au loin, un petit tonneau arrêté, et une forme féminine penchée sur les sabots du cheval, et un larbin qui me faisait de grands gestes pour m'appeler au secours. J'ai reconnu instantanément le gaillard, Firmin Vaudois, vous savez bien, l'ancien « homme de relais » d'Halatte.

— Celui dont la femme a été si malade l'année dernière?

— Précisément, ma tante. Je le savais au service de cet abominable entrepreneur et accapareur, Liégaut. Je devinais en la forme féminine l'héritière de ce frère Trois-Points. Mais on avait besoin de moi. J'ai tourné ma jument, et galopé vers le lieu du désastre. C'était, tout bonnement le poney, qui [illegible] un clou de rue dans le pied; un joli poney, ma foi! Il se débattait comme un [illegible] diable, dès qu'on voulait lui porter secours. J'ai pu aider ce pauvre Firmin, qui ne s'en serait jamais tiré tout seul ; et c'est alors que la jeune personne m'a remercié en fort bons termes, je vous assure. Elle voulait absolument savoir mon nom, que je ne lui ai point décliné, du reste. Dieu me pardonne! ajouta le jeune officier en riant, je crois qu'elle m'aurait envoyé son papa, pour me faire une visite de remerciements, si j'y avais tenu!

— Pauvre fille! murmura Mme Guiscard, d'un air de pitié profonde. Peut-être vaut-elle mieux que sa réputation. Il paraît qu'elle a perdu sa mère si jeune, qu'elle a été si mal élevée par son père! Peut-être n'est-elle pas dépourvue de bons sentiments au fond?

— Vous voyez le bien partout, ma mère, murmura doucement Henri.

— Cela ne vaut-il pas mieux, mon fils, que de voir partout du mal?

Robert dit très gravement :

— Je vous avoue que je m'imaginais trouver cette jeune fille tout autre. Je m'attendais à voir une de ces poupées fanfreluchées, dont la mise affecte le mépris de la décence, et qui ne savent que jacasser à tort et à travers, en ponctuant leurs inepties de petits cris et d'éclats de rire, comme des perruches. Et je me suis rencontré avec une fille sérieuse, correcte et polie, très simple d'allure, et sans aucune affectation de mauvais goût. Cela m'a beaucoup étonné, et je l'ai très sincèrement plainte, la malheureuse, de vivre en un milieu qui ne me paraît pas fait pour elle.

On n'en dit pas davantage, à la table de Mme Guiscard, ce matin-là. Mais le souvenir de Mlle Liégaut ne s'effaça pas de la mémoire du jeune lieutenant aussi vite qu'il l'aurait souhaité, peut-être. Il y pensait souvent, malgré lui, sans doute, et toujours avec un sentiment de pitié, très voisin, trop voisin de la sympathie.

Alors, en garçon sensé qu'il était, il se raisonna lui-même :

— Pourquoi m'intéresser à cette jeune fille? Est-ce que *tout* ne nous sépare pas? Que peut-il y avoir de commun entre la fille d'un acquéreur de biens d'Eglise et le neveu d'un moine dépossédé, entre la fille d'un franc-maçon et un soldat catholique mis à pied naguère pour avoir refusé d'obéir aux Loges?

Robert Guiscard haussait les épaules, et se trouvait absurde, lui, toujours si pondéré dans ses sentiments, comme dans ses actes, lui que n'avait jamais effleuré l'amour.

— C'est l'inaction, se disait-il. L'oisiveté est la mère de tous les vices. Ah! quand ce maudit congé de convalescence finira-t-il? Quand pourrai-je reprendre mon service actif?

Mais ses blessures le faisaient encore fréquemment souffrir. Et, s'il pouvait, sans aucun risque, se promener paisiblement à cheval, du moins devait-il éviter tout excès de fatigue, tout changement de température trop brusque, sous peine d'être repris immédiatement de la fièvre.

Pour éviter une nouvelle rencontre avec la fille de l'usurpateur, il délaissa la forêt de Pontarmé, si proche de sa demeure ; il dirigea ses promenades vers la forêt d'Ermenonville, là où le terrain sablonneux rend le passage des voitures, même les plus légères, difficile et désagréable.

Mais il y a, dans ces parages, un autre inconvénient, aussi dangereux pour les chevaux montés que pour les autres. Le sol, par l'effet des travaux des lapins, ressemble à une écumoire. Ce ne sont que des trous.

Robert Guiscard connaissait bien Ermenonville, et, sorti de Saumur dans les cinq premiers de sa promotion, c'était « un homme de cheval » assez expert. Mais les accidents arrivent aux meilleurs cavaliers comme aux pires. Étant au petit galop dans une allée de la pernicieuse forêt, sa jument mit le pied dans un trou de lapin, et fit panache. Le sol n'était certes pas dur, mais l'officier se trouvant pris une seconde sous la jument, avant qu'elle se fût relevée, la blessure de son épaule se rouvrit soudain, et ce fut avec beaucoup de peine qu'il put se remettre en selle, et regagner Pontarmé, pour y jeter la désolation dans sa famille.

— Et voilà, pensait-il amèrement en lui-même, le beau résultat de ma rencontre avec cette jeune libre-penseuse!

Le beau hussard ne se doutait point que la jeune libre-penseuse, pendant ce temps-là, variait à l'infini le cours de ses promenades en forêt, dans le romanesque espoir de se trouver à nouveau sur son passage.

Non que Simone Liégaut nourrît à ce moment-là aucune [illegible] concernant son clérical voisin ; mais elle com[illegible] prodigieusement de sa solitude, sans vouloir se l'avouer à [illegible] la moindre diversion à la monotonie de son existence lui eût paru [illegible]

Après avoir vécu au milieu du tourbillon des *affaires*, Simone s'était imaginé de très bonne foi pouvoir se suffire à elle-même parmi les trésors artistiques de l'abbaye, dans le somptueux décor de l'immense forêt. Ne se considérait-elle pas [illegible] prêtresse du Beau sous toutes ses formes? Hélas! les cultes païens n'ont jamais pu remplir une vie. Et là où les anciens moines avaient passé de si douces heures, la jeune mécréante qui leur succédait trouvait déjà ses journées longues, et vides, et tristes à pleurer, parfois.

VII

Août arriva, et, avec lui, Narcisse. Le gros homme se prétendait ravi de « venir planter ses choux », prenait des airs de propriétaire terrien, avec un vaste panama et un complet de toile. On pouvait le voir, à toute heure du jour, conversant avec son jardinier, le consultant parfois, mais le conseillant, le plus souvent, sur des sujets qui lui étaient aussi personnellement étrangers que l'astronomie ou l'hébreu. S'amusait-il de son nouveau rôle ou cherchait-il à se persuader lui-même qu'il ne regrettait point le tumulte de ses chantiers?

Chaque matin, Jeoffre, son fidèle second, lui envoyait un long compte rendu des travaux de la veille, et il s'empressait d'y répondre avec la régularité et la clarté qui lui étaient propres.

Coralie Jacquot, rentrée à Paris le 31 juillet, avait tenu parole, et, dès le 5 août, Simone reçut une lettre de son amie, lui annonçant que, contre toutes prévisions, Gaétan venait de « se refaire » d'une façon prodigieuse, en deux séances de baccarat. « Il est vrai, ajoutait Coralie, qu'un nouveau membre vient d'être admis dans le cercle de ces Messieurs, le fils de Pipart, le richissime fabricant de noir animal. »

Cette réflexion, pleine de sous-entendus, porta un coup désagréable à Simone. Son frère trichait-il au jeu, maintenant? Serait-il tombé à ce degré d'abjection? Elle aurait été à Paris volontiers elle-même pour s'en expliquer catégoriquement avec Coralie, mais les Jacquot devaient partir le 7 pour Evian. Elle dut se contenter d'écrire et de vivre, en attendant la réponse, dans des transes qui la rendirent malade.

Car Simone tenait de sa mère, qui avait été une bonne chrétienne, un très juste sentiment du devoir et de l'honneur, et, de son père, un orgueil qui la faisait frémir à la seule pensée d'un scandale.

Narcisse, absorbé par ses fonctions de propriétaire, ne s'aperçut nullement de la préoccupation de sa fille. D'ailleurs, une invitation venait de lui arriver qui le comblait trop de joie pour lui permettre de s'inquiéter de rien d'autre. Le sous-préfet le priait à dîner avec Monsieur son fils et Mademoiselle sa fille! Narcisse était reçu dans le monde officiel! La tête lui en tournait. Il avait écrit tout de suite, lui-même, à Gaétan, pour lui enjoindre de venir au jour dit, « toute affaire cessante », en expliquant à l'architecte, son patron, le motif de ce congé indispensable. Gaétan, par une dépêche, répondit qu'il viendrait sans faute.

Simone, avertie, se demanda pendant trois jours si elle parlerait à son frère.

Mais quand il arriva, le matin du dîner, plus impertinent que jamais, le courage lui manqua pour entamer une discussion qu'elle prévoyait effroyablement orageuse. Et puis, les éclats de cette discussion ne manqueraient pas d'arriver jusqu'à son père, de gâter le plaisir qu'il se promettait de sa soirée. Simone, lâchement, recula. Quand la religion manque à une femme pour traverser les épreuves de la vie, elle les tourne, et souvent au prix de quelles honteuses compromissions avec sa conscience et le monde!

Justement, ce jour-là, l'entrepreneur se montra beaucoup plus affectueux avec son fils. Peut-être sa vanité satisfaite lui faisait-elle voir tout en beau, même son triste rejeton? Sitôt après le déjeuner, il prit Gaétan sous le bras et l'emmena voir ses fleurs, ses légumes, surtout, qui l'enchantaient. Narcisse était très fier de son jeune savoir en horticulture. Il s'était donné beaucoup de peine pour retenir le nom de ses plantes et les désignait à son fils avec orgueil :

— Bégonias tuberculeux, dahlias cactus, giroflées quarantaine..... hein? sont-elles assez jolies! Et regarde-moi cette planche d'épinards, quel beau vert! et ces crônes du Japon! Et ces amours de choux frisés! délicieux, mon cher, avec des jeunes pigeons, en attendant les perdreaux.

Il riait, enchanté, frappant sur l'épaule de son fils.

— Tu ne sais pas? Eh bien! nous prendrons des permis de chasse tous les deux! Ces messieurs du tribunal, qui sont charmants, m'ont offert une action de leur société de chasse, par là, je ne sais où, dans la plaine. Ça foisonne de perdreaux, paraît-il. Je ne sais pas si j'en tirerai beaucoup, mais toi, un jeune homme, tu as bon pied, bon œil, avec un beau fusil que je t'achèterai, tu nous fourniras bien quelques rôtis, j'espère!

— Oh! certainement!

Simone, pendant ce temps-là, voyant les deux hommes si bien ensemble, se confirmait dans sa résolution de ne pas troubler leur quiétude par d'épineuses questions.

Et puis, ne fallait-il pas qu'elle s'occupât de sa toilette? Sans nourrir un culte pour les fonctionnaires, comme son papa, elle tenait à se montrer très belle à la sous-préfecture, ne serait-ce que pour vexer toutes ces dames de l'administration. Elle se para donc d'une toilette rose pâle qui lui allait délicieusement, sans l'ombre d'un bijou, ainsi qu'il sied à une jeune fille, rien qu'avec un bouquet de petites roses, exactement de la même nuance, attaché à son corsage.

Narcisse la trouva superbe. Gaétan lui exprima son admiration dans un intraduisible argot. Elle monta en voiture, aussi rose de plaisir que sa robe.

Au mois d'août, il fait encore clair, dehors, à 7 heures. Comme le landaulet traversait le village de Pontarmé « en deuxième vitesse », par prudence, il croisa un groupe qui attira immédiatement l'attention de la famille Liégaut. Ce groupe se composait de deux jeunes gens de très bonne mine soutenant un vieillard presque centenaire, en costume de Bénédictin. Narcisse, brusquement, se pencha pour les mieux voir. Gaétan ricana :

— Deux jeunes dindons [illegible]

Pourquoi Simone rougit-elle en se renfonçant dans la voiture? Elle avait parfaitement reconnu les trois Guiscard, qu'ignoraient jusque-là son père et son frère. Cependant, elle se garda bien de dire qu'elle avait parlé, en deux circonstances différentes, à ces deux jeunes gens, et que le regard du vieux moine, dans l'église, l'avait brûlée comme un fer rouge.

Son père ne se douta point qu'elle savait le nom de ces trois hommes.

Mais sans doute avait-il été frappé de leur aspect, car il en parla, le soir, à la sous-préfecture, après le dîner, en fumant avec ces messieurs.

— J'ai rencontré tout à l'heure, dit-il, une espèce de vieux curé qui n'était pas un curé ordinaire, et que soutenaient, sous les bras, deux beaux gaillards, ma foi!

— C'est *le* moine! Vous avez vu le moine! [illegible] un petit substitut en éclatant de rire.

— Quel moine? demanda Narcisse effaré.

Un personnage plus sérieux expliqua :

— C'est le dernier survivant des Bénédictins de votre abbaye, cher Monsieur. Les autres ont été expulsés *manu militari*.

mais celui-là se trouvait trop valétudinaire pour supporter le voyage, paraît-il, et les autorités d'alors ont bien voulu tolérer sa présence dans le pays, eu égard à ses infirmités, faiblesse inopportune, selon moi. Car on ne saurait assez se méfier de ces sortes de gens, toujours prêts à ourdir quelque complot, à monter quelque cabale contre le gouvernement établi.

Narcisse hocha gravement la tête, ne trouvant rien à répondre.

Le jeune substitut plaisanta de nouveau :

— Qui sait si ce bonhomme ne joue pas le rôle de cacochyme pour les besoins de la cause? Peut-être n'est-il resté sur les lieux que pour y exercer de ténébreuses vengeances?

Gaétan éclata de rire.

— Vous n'allez pas nous raconter, s'écria-t-il, que ce revenant serait l'auteur du double assassinat de nos infortunés prédécesseurs à l'abbaye? J'en mourrais d'épouvante!

— Heu! heu! répondit le substitut d'un air dubitatif, je n'en jurerais point, surtout s'il existe, comme les bonnes gens le prétendent, un passage souterrain entre les caveaux du monastère et la demeure actuelle du P. Guiscard!

Du coup, l'assistance entière fit chorus à la gaieté des deux jeunes gens. Seul, Narcisse riait un peu jaune. Il demanda, en affectant l'indifférence :

— Et où demeure-t-il donc, ce Révérend Père?

— Au bout de Pontarmé, sur la route de Paris, lui répondit-on. Il loge chez une nièce, veuve, et fort bigote, naturellement.

Il y eut des commentaires, parmi les magistrats, qui intéressèrent l'entrepreneur plus qu'il ne lui convenait de le laisser paraître.

— C'est un fameux nid à calotins, là-dedans!

— On dit que le fils de la dame est un « novice en robe courte » et qu'il s'en ira rejoindre les expulsés dès qu'il aura purgé sa peine.

— Sa peine? Vous voulez dire son service militaire?

— Est-ce que ce n'est pas la même chose! clama un antimilitariste.

Le procureur cria :

— Et l'autre neveu du Révérend, l'avez-vous vu, le fameux lieutenant de hussards? Je l'ai rencontré hier, moi, figurez-vous, à cheval, trottant sur la chaussée Pompoint. Est-ce qu'il ne devrait pas rentrer sous terre, après ce qu'il a fait ici?

— Qu'est-ce qu'il a donc fait? demanda tout bas Gaétan au substitut.

— Refus d'obéissance en service commandé, cas très grave! répliqua l'autre, assez haut, pour que Narcisse l'entendît.

Le sous-préfet hasarda :

— Mais le lieutenant Guiscard, depuis lors, a été au Maroc.....

— Qu'est-ce que ça prouve? rétorqua le procureur. Que le gouvernement a été bien trop bon pour lui! Des lascars de cette sorte, ce n'est pas au Maroc, c'est à la Nouvelle qu'il faudrait les expédier!

Cela jeta un froid.

Narcisse ne s'amusait plus du tout.

Quand il se retrouva dans son auto, avec son fils et sa fille, sur la route de Pontarmé, et que Gaétan, de son air le plus malin, commença d'entamer le chapitre de la famille Guiscard, à l'usage de Simone, ce fut avec une colère soudaine qu'il l'interrompit.

— Tais-toi donc, avec tes sornettes! Est-ce que Simone a besoin d'être mise au courant de ces facéties de fumoir!

Elle ne protesta pas. Mais, rentrée à l'abbaye, avant de se déshabiller, elle alla trouver son frère dans sa chambre, et lui extorqua sans peine tout ce qu'il savait des Guiscard. Elle remarqua qu'il affectait de croire aux suppositions fantaisistes du substitut à propos d'un souterrain mystérieux, et de la part que le vieux moine aurait eue aux morts tragiques du marchand d'amidon et de l'Anglais.

Simone en sourit de pitié.

— Puisque Lord Norton est mort d'une chute de cheval.

— Le moine pouvait être caché dans un taillis, pour effrayer le cheval!

Elle haussa les épaules.

— Tu te moques de moi, Gaétan.

Déjà elle gagnait la porte, quand, se ravisant tout à coup, elle revint sur ses pas et demanda brusquement à son frère :

— Où en es-tu de tes affaires d'argent?

Devant la soudaineté de l'attaque, le jeune homme se

troubla d'abord, parut chercher avec peine une réponse satisfaisante. Puis, prenant son parti :

— Milan m'a aidé, répliqua-t-il effrontément. Il a été plus généreux que toi!

— Prétends-tu dire qu'il a *prêté* ou *donné* de l'argent?

— Prêté ou donné, s'écria-t-il avec colère, que t'importe! C'est mon affaire.

— Jusqu'à ce que ça devienne la nôtre, répliqua-t-elle sévèrement, prends garde! Ton Milan pourrait bien t'entraîner plus loin que tu ne voudrais!

Furieux, il marcha sur elle. Mais déjà, prestement, elle avait gagné la porte et se sauvait par les longs corridors, dans la direction de sa chambre.

Cette nuit-là, dans l'abbaye, lorsque tout le monde fut couché, il se passa une chose curieuse. Narcisse Liégaut sortit en tapinois de son appartement, et, vêtu d'une robe de chambre, les pieds dans des pantoufles, son revolver à la main, il parcourut du haut en bas toute l'abbaye. Sur son passage, il tournait les commutateurs de l'électricité, et, sous les voûtes inondées de lumière, dans les angles des colonnettes ou des pilastres, il cherchait sottement, puérilement la trappe invraisemblable par où le moine aurait pu s'introduire en son ancienne demeure.

— Il y a tant de recoins ici, se disait le gros homme, l'un d'eux a très bien pu nous échapper. Mes ouvriers n'ont pas travaillé partout. Et puis, lequel d'entre eux se serait avisé d'un souterrain? Les caves sont si compliquées que j'aurais peur de m'y perdre! Comment m'y prendre pour vérifier l'as[illegible]istrat? Plaisantait-il? Ne plaisantait-il point?

Narcisse, découragé par ses vaines et fatigantes recherches, finit par rentrer chez lui morfondu, sans avoir rien découvert de suspect. Il verrouilla soigneusement sa porte, et se mit au lit, en laissant une ampoule allumée dans sa chambre, chose qu'il ne faisait jamais et qui le gêna beaucoup pour s'endormir.

L'entrepreneur avait cependant la réputation d'un « esprit fort ». Ces esprits-là sont parfois très faibles. Il ne s'était nullement ému jusque-là des *accidents* survenus à ses prédécesseurs, et les histoires de revenants, dont plusieurs personnes s'étaient empressées de l'entretenir, l'avaient laissé fort sceptique. Mais la vue de ce moine centenaire, augmentée par tous ces racontars de magistrats, l'avait frappé malgré lui, et frappé il restait, en dépit des raisonnements les plus subtils. Est-ce qu'on raisonne la peur? C'est un effet nerveux, irrésistible, comme le vertige. Un roi d'Espagne ou de Portugal disait, au XIIIe siècle :

— Mon corps tremble du péril où mon courage va le porter.

Narcisse tremblait d'un péril où ne l'avait certes pas porté son courage, mais sa cupidité et son orgueil.

Sur le matin, après avoir beaucoup réfléchi et très peu dormi par contre, le gros homme résolut d'interroger discrètement le concierge, seul des serviteurs de l'abbaye datant du règne de l'Anglais.

N'y regardant pas à un léger mensonge, il lui dit négligemment :

— À propos, je voulais vous demander une chose, mon ami. Depuis deux ou trois jours, j'ai retrouvé sur un vieux plan du siècle dernier la trace d'une sorte de souterrain qui aboutirait dans un caveau, sous le réfectoire. En avez-vous jamais eu connaissance?

— Jamais, Monsieur.

— C'est bizarre, le souterrain a existé, positivement, j'en suis sûr.

— C'est bien possible, Monsieur, autrefois, mais il devait déjà se trouver bouché du temps de lord Norton. Monsieur sait qu'on a fait de grands travaux dans les caves à ce moment-là, rapport aux dégâts causés précédemment par l'installation de l'usine. On aurait bien parlé d'un souterrain si on l'avait trouvé. Ces choses-là intéressent toujours. Des fois qu'on découvrirait dedans des squelettes ou des trésors!

Au mot de squelettes, Narcisse fronça le sourcil. Décidément, ce portier était stupide. Mieux valait lui tourner le dos. Mais alors, comment savoir?

Il réfléchit qu'il ne connaissait personne dans le village et le regretta. Hanté par l'ambition de se hisser jusqu'aux sphères gouvernementales, il avait trop négligé les petits bourgeois ses voisins. Peut-être s'en trouvait-il quelques-uns bons à voir. Et puis, de temps à autre, n'est-il pas agréable de jouer au grand seigneur parmi d'humbles et d'obséquieux parasites?

En déjeunant avec sa fille, ce jour-là, Narcisse lui demanda [illegible] si elle ne connaissait personne à Pontarmé. Simone crut qu'il faisait allusion au moine et se sentit rougir involontairement, ce qui eut pour résultat de la mettre aussitôt de mauvaise humeur.

— Comment connaîtrais-je quelqu'un ici, et pourquoi? rétorqua-t-elle. Tu sais bien que je ne tiens pas aux nouvelles connaissances. D'ailleurs, je t'ai déjà dit que je voulais jouir en paix de la propriété ; je m'y plais, je n'y ai besoin de personne.

— À ton aise, répondit son père, je ne t'empêche pas de vivre en recluse, mais moi, je ne serais pas fâché de trouver un bonhomme quelconque pour faire une partie de billard avec moi!

— Fais venir ces Messieurs du gouvernement.

— Oh! s'écria l'entrepreneur suffoqué! Tu n'y songes pas! Ces Messieurs ne sont pas à mes ordres, et, du reste, leurs occupations les empêchent de venir fréquemment jusqu'ici.

— Invite un de tes amis parisiens, un membre de ton cercle ou de la Loge. Tu sais, ça ne me gênera pas.

— Mais, ma chère enfant, dans cette saison, ils sont tous en villégiature de côté ou d'autre!

Simone se leva de table, impatientée.

— Alors, déclara-t-elle, j'en donne ma langue au chat.

[illegible] la suivit dans le cloître, où elle aimait à se balancer sur un rocking-chair, après son déjeuner.

— Je ne demande pourtant rien de bien extraordinaire, expliqua-t-il, je voudrais tout bonnement savoir s'il y a dans [illegible] un individu susceptible de me distraire [illegible].

— [illegible] ne l'as-tu pas demandé [illegible] au sous-préfet?

Narcisse [illegible] de ce mythe venait seule-[illegible] de lui venir.

— Ma foi, répliqua-t-il, j'avoue que je n'y ai pas pensé hier soir.

Simone se balançait toujours.

— [illegible] vu l'autre soir, dit-elle, deux pêcheurs à la ligne, sur [illegible] de l'autre côté du pont. Peut-être sont-ce des gens à ton goût. [illegible] pourrais toujours essayer de leur parler en pas-[illegible]

— [illegible] idée n'est peut-être pas mauvaise, répondit-il.

Mais, s'étant [illegible] vers la Thève, sur le soir, à l'heure où le poisson donné, l'entrepreneur éprouva une déception cruelle.

L'un des pêcheurs était sourd, et ne répondit que par des gestes éperdus à ses discours aimables. L'autre, un vieux à l'allure militaire, lui répondit avec une politesse de glace. Narcisse mit ou feignit de mettre cette froideur sur le compte d'une timidité exagérée, et, avec beaucoup de rondeur, il multiplia les avances, allant jusqu'à dire à ce personnage inconnu :

— Vous savez, si ça vous fait plaisir, vous n'avez qu'à venir tendre des lignes de fond chez moi ; je ne demande pas mieux. La rivière est jolie dans ma propriété, et vous y serez très bien, je vous assure.

Le vieux se redressa, et regardant Narcisse en face :

— Monsieur, lui répondit-il gravement, je vous remercie beaucoup de votre invitation, mais il m'est impossible de l'accepter. Je suis catholique, membre du Conseil paroissial et de la Conférence de Saint-Vincent de Paul. C'est vous dire que mes opinions m'empêchent de profiter, en aucune manière, d'un bien volé aux moines.

Narcisse, abasourdi, suffoqué, cria :

— Par exemple! C'est un peu fort! Ah! vous pouvez vous vanter d'être un drôle de corps, vous! Si jamais on m'y reprend!

Et, furieux, il s'éloigna précipitamment d'un être qu'il considérait comme fou.

Arrivé chez lui, courant à l'atelier de sa fille, le gros homme se hâta de lui raconter sa mésaventure, en ajoutant :

— Tu m'as donné là un joli conseil! Je te remercie bien!...

Elle ne fit qu'en rire. Mais elle en était, dans le fond, beaucoup plus vexée qu'lui.

IX

Narcisse, le lendemain, reçut, au premier courrier, une convocation qui le fit partir immédiatement pour Paris. A ce moment-là, une réunion d'entrepreneurs de la capitale venait de fonder une sorte de Syndicat, sous le titre de « Société des Constructions populaires de Ménilmontant ». Narcisse en faisait partie. On l'appelait d'urgence pour procéder aux élections du Conseil d'administration de la Société. Il s'empressa de s'y rendre, annonçant à sa fille qu'il rentrerait sans doute fort tard.

Le temps, ce matin-là, était horriblement lourd et orageux. Simone déclara qu'elle ne sortirait point en voiture et transporta son chevalet au jardin, dans un coin d'ombre, pour peindre des fleurs d'après nature.

Pendant qu'elle était là, paisiblement à travailler, elle entendit tout à coup des cris et du tumulte au bord de la rivière toute proche.

— Quelqu'un sera tombé à l'eau, bien sûr! s'écria le jardinier, qui arrangeait une « mosaïque » près d'elle.

Et l'homme s'élança vers la petite porte du jardin.

Simone le suivit en courant, sans se rendre compte seulement de ce qu'elle faisait.

La Thève coulait, sur une assez grande longueur, dans les terres mêmes de l'abbaye, mais, avant d'y pénétrer, elle faisait un coude, où se trouvait un petit lavoir public, destiné aux femmes de cette partie du village. C'était de là que partaient les cris. L'enfant d'une des laveuses venait de tomber à l'eau. Mais un passant l'en avait retiré déjà, et l'emportait, inanimé, vers la demeure de sa mère, dont les hurlements continuaient de retentir, sans motif, malgré les objurgations de ses compagnes.

Simone, trompée par ces clameurs, crut que l'enfant était mort, ou mourrait, et se précipita vers la petite forme inerte, emportée dans les bras robustes et ruisselants de son sauveur.

— Oh! le pauvre petit! s'écria-t-elle, avec un élan de pitié [illegible] qu'il n'en reviendra pas?

Celui qui le [illegible], répondit très doucement :

— Si, Mademoiselle. Tranquillisez-vous. Ce n'est qu'un bain tiède, sans danger par cette chaleur.

La fille de Narcisse, au son de cette voix mâle et grave, tressaillit et leva involontairement les yeux vers le beau visage [illegible] dont les moustaches fauves n'avaient plus leur pli vainqueur.

Robert [illegible]card souriait.

Simone devint écarlate. Mais comment reculer? Toutes ces femmes la poussaient. Et le sentier était si étroit! Elle suivit le mouvement, arriva étourdie à la maisonnette de la laveuse, aida machinalement les commères tandis que l'enfant, ouvrant à la fois les yeux et la bouche, rejetait l'eau qu'il avait bue. Quand elle reprit conscience de ses actes, le neveu du moine avait disparu.

Mais la fille de l'usurpateur, malgré elle, toute la journée, rêva du regard profond et pénétrant de ses yeux noirs.

Narcisse ne rentra qu'au milieu de la nuit.

Il dit à sa fille, le lendemain matin, en se frottant les mains d'un air enchanté :

— Figure-toi que ces messieurs m'ont nommé trésorier de la « Société des Constructions populaires ». C'est gentil, hein? Ça prouve qu'on a confiance en moi. J'ai rapporté « le magot ». Il n'est pas bien lourd encore : cinq cent mille francs pour débuter, mais nous arriverons facilement au million sous peu. J'ai joliment bien fait d'installer un bon coffre-fort dans mon cabinet de toilette.

Et le gros homme se mit à rire.

Simone demanda, par pure politesse, pour paraître s'intéresser à la Société nouvelle :

— Qui a-t-on nommé comme président?

— Jacquot, parbleu! le député de « Ménilmuche »!

— Mais il n'est pas entrepreneur, que je sache!

— Qu'est-ce que ça fait? Il a pris des actions de la Société et s'y intéresse beaucoup ; tu comprends, des habitations salubres et à bon marché pour ses chers électeurs!

Simone jugea inutile de narrer à son père l'épisode de l'enfant tombé à l'eau et sauvé par le lieutenant Guiscard. Elle aurait bien voulu avoir un prétexte pour retourner chez la bonne femme. Mais elle savait, par le jardinier, que l'enfant, complètement rétabli, courait partout. L'aventure n'aurait pas de suite. Et une ombre de mélancolie obscurcit le beau soleil pour la fille de l'usurpateur.

Elle sortit le lendemain, de bonne heure, en voiture, [illegible] l'espoir inavoué à elle-même de rencontrer [illegible] quelconque de la famille du moine. Elle ne rencontra personne.

Gaétan arriva inopinément le soir pour dîner à l'abbaye. On ne l'attendait pas. Il prétendit qu'il s'ennuyait après sa famille.

— Tu as une figure de papier mâché, mon garçon, lui dit son père. Je n'aime pas ça. Tu ne dois pas dormir ton content.

Le jeune homme bredouilla des excuses : la chaleur, le manque d'air, l'excès de travail.

— Hum! hum! fit Narcisse, l'excès de travail, en tout cas, tu me permettras d'en douter. D'ailleurs, tu n'en as plus pour longtemps à pâtir. Tu sais que je te donne le mois de septembre tout entier pour te reposer à la campagne, chasser, pêcher, courir la forêt ; ça te fera du bien. Mais, en attendant, pas de bêtises, n'est-ce pas? Il m'est revenu, par hasard, que tu aurais joué assez gros jeu, dernièrement. J'espère que ce n'est pas vrai?

Son œil perçant interrogeait le coupable.

Gaétan protesta aussitôt.

— Non, non, il ne jouait pas gros jeu, à peine un louis par-ci, par là!

— Un louis! s'écria l'entrepreneur, c'est beaucoup trop! Je n'ai jamais joué, quant à moi, plus d'un écu, et pas souvent encore!

Gaétan, malgré son trouble, eut peine à dissimuler un sourire de mépris pour la pingrerie paternelle. Et cependant, il n'avait certes pas envie de rire, à ce moment-là. Ses faux amis l'avaient entraîné dans un gouffre dont il n'aurait pu sortir qu'à grands coups d'argent. La veille, il avait appris fortuitement, chez son architecte, la nomination de son père, et s'était bien gardé d'en avertir ses compagnons, sachant trop qu'ils ne manqueraient pas de l'en pressurer davantage. Comme s'il obtenait jamais rien de son père!

Les dispositions notoirement agressives de l'auteur de ses [illegible] achevèrent de le déprimer. Il lui fallut faire un effort le len[illegible] rendre, selon la coutume, chez le prince Milan Bobichef, qui était devenu pour lui le plus despotique des tyrans.

— Eh bien! lui demanda le Serbe, as-tu vu ton père? nous apportes-tu de l'argent?

Le jeune homme, pour toute réponse, retourna tragiquement [illegible]ches vides.

L[illegible]nce bondit sur lui.

— Ma[illegible]isérable, savais-tu qu'il vient de réaliser cinq cent [illegible]lle francs?

— Je le savais, avoua Gaétan, la tête basse.

— Et tu n'as pas trouvé le moyen de lui en extorquer au

moins cinquante mille, quand nous sommes dans le pétrin par ta faute!

— Oh! ma faute! protesta faiblement le fils de Narcisse.

Milan le secoua par le bras.

— Est-ce toi, oui ou non, qui as gagné la forte somme au petit marchand de noir animal? Est-ce toi, oui ou non, qui as triché assez maladroitement pour éveiller la défiance de nos dupes? Réponds! mais réponds donc, imbécile!

Une flamme de colère, vite éteinte, passa dans les yeux ternes de Gaétan.

— C'est toi qui m'as forcé à le faire!

— T'avais-je commandé de te faire prendre, idiot?

Gaétan, accablé, se laissa choir sur le sofa.

— Ecoute, lui dit le prince en se rapprochant, la situation est terrible, mais tout n'est peut-être pas perdu encore. Si nous parvenons à rembourser le père Pipart d'ici la fin du mois, il ne dira rien. Sinon, il remettra notre affaire entre les mains de la police, et alors.....

— Je le sais, mais comment nous y prendre? gémit Gaétan, dont la tête éclatait sous l'effort de ce dilemme.

— Je vais te le dire.....

Et le prince, tout bas, lui parla dans l'oreille.

Narcisse, à la même heure, causait paternellement avec sa fille dans la bibliothèque de l'abbaye.

— Oui, lui disait-il, j'ai rapporté l'argent de la Société. Je l'ai mis dans mon coffre-fort, mais ce n'est pas pour longtemps. Les premières constructions vont être commencées dans une quinzaine de jours. Je serai sans doute obligé de retourner assez souvent à Paris. C'est dommage, à cause de la chasse.

Il soupira un peu.

— Ne pourrais-tu pas te faire remplacer? lui demanda sa fille.

— Si, mais un autre gagnerait l'argent à ma place.

— N'en as-tu pas assez?

— Pour moi, oh! si, mais quand on est père de famille, quand on veut devenir grand-père surtout!

Et il se mit à ire d'un air qu'il croyait très malin.

Simone détourna la tête. Elle ne voulait pas que son père la vît rougir.

Elle remonta chez elle, troublée et mécontente. Ces allusions répétées à son prochain mariage l'irritaient, lui devenaient de plus en plus pénibles. Car, sans oser se l'avouer franchement, elle commençait à comprendre qu'elle ne trouverait jamais autour d'elle, dans son milieu, l'époux rêvé de son cœur. Et quand elle pensait à ce mythe, pourquoi une image, toujours la même depuis trois semaines, s'imposait-elle obstinément à son esprit?

Elle avait envie de pleurer en remontant chez elle. D'un geste instinctif, elle éteignit l'électricité, ouvrit la fenêtre et regarda dehors. Quelle belle nuit sereine, avec son fourmillement d'étoiles! Ah! si la jeune fille avait su prier, comme son cœur se serait fondu d'adoration et d'amour pour le Créateur de la nature! Mais elle n'invoquait jamais un Dieu qu'elle ne connaissait plus. Et il y a des moments dans l'existence où l'âme a besoin de clamer sa douleur, son inquiétude ou sa joie, où il lui faut supplier, remercier, appeler à son aide le Maître souverain de l'univers. Les sauvages mêmes inventent des dieux, et les païens de notre civilisation à outrance n'en veulent plus.

Une sensation affreuse de vide et de désolation envahit la fille de l'usurpateur. Elle se sentit seule et triste à mourir, au milieu du luxe insensé qui l'entourait, et en dépit de la tendresse aveugle qui en avait fait une véritable idole. Elle pensa soudain que la vie ne vaut vraiment pas la peine d'être vécue, et appuyée sur le rebord de la fenêtre, la tête enfouie dans ses bras, elle sanglota désespérément.

Jeoffre, le contremaître de Narcisse, vint le lendemain à [illegible] chercher quelques signatures et apporter quelques fonds.

Il raconta qu'il avait vu le vice-président de la « Société des Constructions populaires de Ménilmontant », que les travaux commenceraient sans faute le 1er septembre.

— Ma foi, je n'en serai pas fâché, avoua Narcisse. Tout cet argent qui dort là, chez moi, m'agace.

Jeoffre se méprit sur la pensée de l'entrepreneur. Il crut que le gros homme faisait allusion à un vol possible et répliqua aussitôt :

— Il n'y a pas de danger, le coffre est solide. Et puis votre domesticité est trop nombreuse pour que des cambrioleurs s'avisent de s'introduire chez vous.

Narcisse fit la grimace. Pourquoi l'idée du passage souterrain s'imposa-t-elle immédiatement à son esprit? Certes, il n'aurait pas su le dire. Et, pour détourner le cours de la conversation, il se mit à développer, devant son contremaître, tout son plan d'installation pour les premières constructions populaires de la Société.

Jeoffre parti, l'entrepreneur se rendit près de sa fille, et l'entretint du projet d'une nouvelle fête qu'il voulait donner, fête beaucoup plus intime que la première, une *garden-party* en l'honneur du « voisinage ».

Simone accueillit le projet sans aucun enthousiasme. Le « voisinage », tel que l'entendait son père, l'intéressait fort peu évidemment. Narcisse insista, se fâcha presque. Sa fille, pour ne pas le contrarier, finit par promettre de donner la *garden-party*.

Narcisse triompha toute la soirée.

Mais, en rentrant dans sa chambre pour se mettre au lit, son petit frisson coutumier le secoua. Il ne pouvait plus s'en défendre depuis le soir où il avait vu le moine, où les magistrats l'avaient épouvanté de leurs histoires de revenants. Toujours, depuis lors, il laissait une ampoule allumée près de son lit. Et cependant, cette lumière le gênait beaucoup.

On se souvient que l'entrepreneur s'était taillé un petit appartement personnel dans l'une des ailes des bâtiments affectés jadis aux cellules des moines.

Cet appartement se composait d'une petite entrée ou vestibule, avec un cabinet de toilette adjoint, et d'une très vaste chambre à coucher, pourvue d'une alcôve dans le fond. Le peu de largeur de l'aile n'avait pas permis une disposition différente. C'était ce qu'on appelle « un bâtiment simple ». La chambre à coucher se trouvait pourvue de quatre fenêtres, deux sur le cloître, deux sur les jardins. La fenêtre unique du vestibule donnait sur le cloître ; celle du cabinet de toilette contigu, sur les jardins. Une porte de service faisait communiquer entre eux le vestibule et le cabinet. C'était dans ce cabinet que l'entrepreneur avait fait maçonner son coffre-fort.

Il pouvait être environ 1 heure du matin, et Narcisse venait enfin de s'endormir quand un bruit léger, provenant de son cabinet, le réveilla en sursaut, le fit s'asseoir brusquement sur son lit.

Comme la porte du cabinet se trouvait grande ouverte et que l'ampoule électrique projetait jusque-là sa lueur, Narcisse vit distinctement une forme sombre penchée sur le coffre-fort, déjà béant, et fourrageant à l'intérieur.

L'entrepreneur, d'un bond, se jeta en bas de son lit, saisit son revolver, s'élança vers le cabinet.

Mais alors, une chose effroyable se produisit. La forme sombre, en se retournant, se dédoubla. Narcisse en vit deux, et c'étaient deux moines en cagoule noire, aux visages cachés, dont les yeux seuls apparaissaient.

L'usurpateur jeta un cri d'indicible épouvante, ses bras battirent l'air, et il tomba lourdement à la renverse, tandis que le revolver, s'échappant de sa main et heurtant un meuble, faisait feu.

Alors, avec une prestesse étrange, les envahisseurs s'emparèrent pêle-mêle de tout le contenu du coffre-fort, en remplirent une sacoche, et, se glissant par la porte ouverte entre le cabinet et le vestibule, gagnèrent l'escalier et s'enfuirent.

Mais le coup de feu avait réveillé le valet de chambre et le chauffeur, qui couchaient dans les combles, au-dessus de leur maître. Presque aussitôt après, un bruit de voix dans le jardin attirait l'attention du chauffeur qui, en se penchant par sa lucarne, aperçut distinctement les deux hommes en cagoule noire qui se sauvaient dans la direction de la route.

Vite et vite, il descendit en courant, avec son camarade. Trouvant la porte du vestibule de leur maître ouverte, ils se précipitèrent par le cabinet dans la chambre, toujours éclairée [illegible] électrique.

Narcisse, en chemise de nuit, étendu sur le dos, près de la porte de son cabinet, semblait mort. Mais la balle de son revolver, en partant au moment même où l'arme lui tombait des mains, lui avait traversé le pied gauche, et un mince filet de sang coulait sur le tapis. Ce fut probablement ce qui sauva la vie au gros homme. Une congestion l'aurait foudroyé sans [illegible]

Réveillée par les clameurs des deux domestiques, toute la maison accourut.

Simone, prenant à peine le temps de passer un peignoir, se précipita vers l'appartement de son père. Elle n'y comprenait rien, tremblant de tous ses membres. En voyant que son père était blessé au pied, elle commanda au chauffeur de courir à la ville avec l'auto, de ramener immédiatement un médecin. Mais quant à faire quelque chose par elle-même, la pauvre fille n'en était pas capable. Peu accoutumée au malheur, elle avait perdu la tête et laissait agir les servantes autour du blessé qui ne cessait pas de geindre en répétant continuellement :

— Les moines, ce sont les moines.....

Enfin le médecin arriva. C'était un homme d'un certain âge, dont l'extérieur distingué, la figure énergique et douce plurent tout de suite à Simone.

Il fit sortir la domesticité qui remplissait la chambre, ne garda près de lui que la jeune maîtresse de maison, et se mit en devoir d'examiner consciencieusement son malade.

Narcisse, battant la fièvre, se répandait en discours incohérents et diffus, malgré les efforts de sa fille pour le calmer.

— Je vous dis qu'ils étaient deux, deux moines noirs, avec un drap noir sur la figure, et seulement des trous pour voir clair. Ils ont forcé mon coffre-fort, et tout volé. J'avais plus de cinq cent mille francs liquides, à moi confiés par la « Société des Constructions populaires ». On serait malade à moins.

Le médecin défaisait sa trousse, et se mettait en devoir d'opérer un pansement minutieux de la blessure du pied. Simone, en la présence rassurante du praticien, se remettait peu à peu. Elle admirait sa dextérité, et murmura involontairement :

— Est-ce qu'il faudra renouveler souvent ces bandes? Jamais je ne pourrai m'en tirer toute seule!

— Non, je ne crois pas, répondit-il, en regardant avec compassion le jeune visage inondé de pleurs, et affreusement inquiet. Mais, si vous n'y voyez pas d'opposition, je vous enverrai demain, c'est-à-dire tout à l'heure, une religieuse.

— Oh! je ne demande pas mieux.

Mais, Narcisse, dans son lit, s'agita.

— Une religieuse? Elle ne sera pas du même Ordre que ces moines, j'espère?

Le médecin haussa les épaules.

— Mon pauvre Monsieur, dit-il avec une pitié non dénuée d'impatience, mon pauvre Monsieur, votre esprit prévenu vous égare! Comment ne voyez-vous pas que vous êtes le jouet d'une mystification sinistre? Ces draps noirs cachant la figure, ces trous percés pour les yeux, comédie que tout cela! Souvenez-vous donc du proverbe : « l'habit ne fait pas le moine! »

Mais le délire avait gagné l'entrepreneur. Il divaguait maintenant, parlait de souterrains, de fantômes.

Le médecin dut lui faire prendre une potion calmante, et défendit formellement à Simone de le contredire dans ses affirmations, et même de lui répondre.

— Et ne vous tracassez pas trop, ajouta-t-il. Je reviendrai voir Monsieur votre père dans la matinée, et d'ici là, dans une heure ou deux, vous recevrez de ma part une excellente infirmière, si toutefois votre auto peut rester à ma disposition pour cela, car j'aurai besoin de la mienne, de mon côté.

Simone acquiesça comme en un rêve. Elle se sentait accablée, anéantie ; elle n'avait même plus la force de rassembler ses esprits, de réfléchir à l'incompréhensible événement qui venait de si tragiquement bouleverser sa paisible existence. D'autres, à sa place, auraient prié, mais elle ne savait plus.

Son père, au fond de son alcôve, continuait à s'agiter, à clabauder après les moines.

Elle pensa confusément qu'un changement de décor l'apaiserait peut-être. Elle éteignit l'électricité, tira les rideaux pour laisser entrer dans la chambre les premières lueurs blanchissantes de l'aube.

— Ah! voici le jour, soupira le malade, les moines ont dû partir.

Et se retournant contre le mur, il s'endormit enfin d'un sommeil morbide.

X

Le landaulet ramena la religieuse annoncée vers les 5 heures du matin.

C'était une petite Sœur d'une trentaine d'années environ, du physique le plus agréable et de l'humeur la plus avenante.

Quand Narcisse, à son réveil, aperçut cette cornette penchée sur son lit, son premier mouvement fut un sursaut de recul. Mais, devant son regard d'effroi, la petite Sœur se mit à rire.

— Ai-je donc l'air d'une Sœur croque-mitaine? lui demanda-t-elle gaiement.

— Non, non, balbutia-t-il, honteux ; seulement, l'habit, vous savez, après l'histoire des moines!

— Ta, ta, ta, taisez-vous, je ne suis pas venue ici pour écouter un vieux radoteur, j'entends soigner un bon malade, bien sage. Et d'abord, laissez-moi vous arranger votre lit un peu plus convenablement. Et si vous êtes raisonnable, je vous permettrai, tout à l'heure, une petite, très petite tasse de chocolat.

Narcisse, trop malade pour résister, se laissa faire. Et bientôt, chose étrange, il éprouva une sorte d'apaisement moral à voir tourner autour de lui cette petite nonne, tandis que ses soins intelligents lui apportaient un notable soulagement physique.

Simone, pendant ce temps-là, était allée se reposer un peu, car elle ne tenait plus debout. Mais elle ne dormit pas longtemps, éveillée par l'inquiétude. A 8 heures, elle était sur pied et se dirigeait vers la chambre de son père.

Sœur Agnès l'accueillit avec un sourire.

— Comment va mon père? lui demanda-t-elle timidement.

Car elle n'avait jamais été en rapport avec aucune religieuse, et la cornette l'impressionnait au moins autant que Narcisse.

— Monsieur votre père est bien tranquille, répondit la Sœur. Mais il a besoin de beaucoup de calme, et il ne faut pas faire de bruit dans sa chambre.

— Puis-je entrer?

— Bien sûr. Embrassez-le, et puis ne bougez plus.

Elle s'avança sur la pointe des pieds.

— Ah! ma pauvre fille, soupira Narcisse, ton vieux papa est fichu!

Elle avait envie de pleurer. Elle se contraignit d'un violent effort, balbutia d'affectueuses protestations.

Il secoua la tête, répéta :

— Fichu, te dis-je. Mon pied me fait mal, mais ce n'est rien à côté de ma tête.

Simone, affolée, jeta un regard d'angoisse vers la Sœur.

La religieuse dit très doucement :

— Nous allons beaucoup prier pour vous.

Le temps manqua pour répondre à Simone. On frappait à la porte, un domestique la demandait. La jeune fille dut sortir.

— Mademoiselle, ce sont ces messieurs du Parquet!

— Pourquoi faire? s'écria-t-elle.

— Rapport au *crime!* répondit l'homme.

La fille de Narcisse descendit en courant, trouva une troupe d'hommes en redingote qui l'attendait dans la bibliothèque, l'accueillit par des salutations lugubres.

Un frisson lui courut le long du dos.

— Mademoiselle, nous avons le très grand regret..... commença l'un.

— Le devoir impérieux....., reprit un autre.

— D'enquêter chez vous, acheva le troisième.

Très pâle, elle bégaya :

— Messieurs, mon pauvre père est bien faible, je ne sais s'il pourra vous recevoir.

— Hélas! Mademoiselle, nous ne sommes pas les maîtres, mais les humbles serviteurs de la loi.

Simone comprit l'inutilité de toute résistance, et, priant ces messieurs de la suivre, les guida elle-même vers l'appartement de son père.

— Papa, ce sont ces messieurs du Parquet!

Le malade tourna des yeux effarés vers les nouveaux arrivants, qui commencèrent par lui prodiguer les marques les plus larmoyantes de sympathie.

Puis ils entrèrent dans le vif de la question, passèrent à l'interrogatoire, à l'examen des lieux.

Narcisse, pour la vingtième fois, recommença son boniment :

— Ils étaient deux hommes en robe noire, le visage caché [illegible] drap noir, avec des trous percés [illegible] clair.....

Détail [illegible] égard pour la petite Sœur, malgré le trouble de ses esprits, Narcisse ne dit pas : « C'étaient deux moines. »

Un personnage glabre et muet, installé sans façon devant une table, prenait soin de recueillir, par écrit, la déposition de [illegible]time.

[illegible]es, dans le cabinet de toilette, s'en donnaient à cœur joie [illegible]stater les traces, non de l'effraction, mais du vol, [illegible] il n'y [illegible]t pas eu d'effraction, à proprement parler. Le coffre-fort [illegible] totalement vide, *la clé restée dans la serrure.* Les voleurs s'[illegible] servis de la propre clé de Narcisse pour le dévaliser, clé qu'il [illegible] déposée, la veille, avant de s'endormir, sur sa table de nuit, selon sa coutume, avec sa blague à tabac et sa bourse.

L'un des magistrats ne put s'empêcher de s'écrier :

— Ces voleurs-là étaient donc bien au courant de la maison!

— Vous voulez dire des *bâtiments*, reprit le procureur d'un ton acerbe. Oui, ces gens-là devaient parfaitement bien connaître les détours de l'abbaye.

— Le fait est, observa un troisième fonctionnaire, que ces individus ont pénétré ici fort tranquillement, *comme chez eux*, par la porte du vestibule et celle du cabinet de toilette.

On demanda là-dessus au blessé s'il se rappelait avoir fermé à clé, oui ou non, cette porte du vestibule, la veille au soir. Il ne s'en souvenait plus.

Mais les domestiques, interrogés à leur tour, certifièrent qu'après le départ des cambrioleurs, ils n'avaient trouvé aucune porte ouverte ni aucune serrure fracturée dans l'abbaye. Par où les malfaiteurs s'étaient-ils introduits, par où avaient-ils disparu? Mystère.

Les magistrats échangèrent des regards singuliers.

L'un d'eux murmura dans l'oreille de son voisin :

— Le souterrain légendaire existerait-il vraiment?

Toute la troupe descendit l'escalier, fureta autour des nombreuses issues de l'abbaye. Aucune trace de violence nulle part.

— Pour moi, dit le maître d'hôtel, ces gens-là devaient avoir de fausses clés. C'est moi qui ferme tous les soirs, et c'est ma femme, la cuisinière, qui ouvre tous les matins.

— Et vous gardez les clés la nuit dans votre chambre?

— Oui, Monsieur le magistrat.

— C'est un tort, les clés laissées dans les serrures empêchent de les crocheter.

— Et les fenêtres? suggéra quelqu'un.

— Toutes les fenêtres étaient hermétiquement fermées.

De nouveau, les magistrats se regardèrent, parlèrent de souterrain, de passage mystérieux sous l'abbaye.

— S'il y en a un, déclara le maître d'hôtel, il doit être joliment dissimulé dans la muraille, car je peux dire que je connais les caves aussi bien que mes poches, et je n'y ai jamais rien découvert d'anormal.

— Oh! ce n'est peut-être pas dans les caves! Sait-on jusqu'où peut aller la rouerie des moines?

On remonta chez Narcisse, car il restait à élucider la question de la balle.

Ces messieurs voulaient absolument que les bandits eussent tiré sur l'entrepreneur pour l'empêcher de donner l'alarme.

Narcisse, au contraire, protestait que la balle provenait de son revolver, qu'il s'était bien rendu compte de l'explosion au moment même où il perdait connaissance.

On examina le revolver. Il y manquait une balle et le canon portait des traces indéniables de poudre. Enfin, la balle elle-même fut retrouvée dans une lame du parquet. Elle était identique aux cinq autres restées dans le barillet de Narcisse.

Les magistrats se regardèrent. Simone remarqua, non sans étonnement, que cette petite découverte paraissait les contrarier. Elle ne devait en comprendre la raison que plus tard.

Cependant, l'enquête ayant pris fin, ces messieurs se retirèrent, accompagnés par Simone jusqu'au haut de l'escalier. Le procureur se permit de lui demander alors :

— Quel est donc votre médecin?

— Le chauffeur nous a ramené le Dr Pascal ; on lui a dit que c'était le meilleur de la ville.

— Ne saviez-vous pas que c'est un ennemi notoire des institutions existantes?

Simone répliqua, un peu piquée :

— Qu'importe, s'il soigne bien mon père!

L'antipathie qu'elle avait toujours éprouvée pour messieurs les fonctionnaires s'en accrut. Est-ce qu'elle n'était pas libre maintenant de faire soigner son père à sa guise, et fallait-il risquer sa vie pour obéir à un mot d'ordre?

L'auto, après avoir ramené la religieuse au point du jour, était repartie aussitôt pour la gare de Chantilly, où Gaétan, prévenu par dépêche, devait arriver par le premier express du matin.

Simone l'attendait d'un instant à l'autre, mais ce fut le docteur qui parut le premier.

— Comment trouvez-vous ma garde-malade? questionna-t-il aussitôt.

— Parfaite, répondit avec conviction Simone.

— Ah! j'étais bien sûr que vous vous entendriez avec elle!

Mais, introduit dans la chambre du blessé, il fronça les sourcils. L'entrepreneur avait une grosse fièvre, une forte augmentation de température. La Sœur en expliqua clairement la cause.

— Je les reconnais bien là! s'écria le docteur avec indignation. La loi! toujours la loi! mais la vie humaine, est-ce qu'elle ne compte donc pour rien à leurs yeux?

Etant sorti de la chambre, il dit carrément à Simone :

— Ça ne peut pas se reproduire. Comme ces Messieurs ne m'écouteront jamais, je vais appeler en consultation mon ancien condisciple et mon ami, le fameux professeur Thévenin. Celui-là, je suis sûr qu'ils l'écouteront. C'est le médecin en chef du Cabinet.

— Faites comme vous l'entendrez, docteur, je m'en rapporte à vous, s'écria la jeune fille.

Et, retenant avec peine ses larmes :

— Croyez-vous donc mon père en danger? demanda-t-elle avec angoisse.

— Non, tant qu'il ne se produira pas de complications dans son état. Mais je tiens essentiellement à lui éviter toute cause d'agitation. Les blessures au pied ne valent jamais rien, surtout pendant la canicule. Je veux faire tomber la fièvre, et il me faut absolument de la tranquillité pour cela.

Le coupé du docteur venait à peine de démarrer quand le landaulet de Gaétan stoppa devant le perron de l'abbaye.

Le jeune homme était livide, et plus que défait, hagard.

Simone mit ce bouleversement manifeste sur le compte de l'émotion et en sut gré à son frère. Elle ne remarqua point le peu d'empressement qu'il montra à voir le blessé. Amené près du lit de Narcisse, Gaétan ne trouva pas une parole. Son père, du reste, ne témoigna nul plaisir à son aspect et se contenta de lui dire :

— Tâche de t'arranger avec ces Messieurs du Parquet. Demande un congé de huit jours ; moi, je suis trop malade pour m'occuper de rien.

— Je vais tout de suite au tribunal!

Et il s'esquiva lestement.

Cependant, Simone, redescendue pour donner un ordre, découvrit le courrier du matin qui attendait, posé sur le plateau, à sa place habituelle, dans la salle à manger. La grande écriture de Coralie — incohérente et dégingandée comme sa personne — attira immédiatement les regards de la jeune fille.

Elle déchira l'enveloppe et lut, après les politesses d'usage : « Frambois, le député, est arrivé ici hier, dans notre hôtel. Il nous raconte une histoire que je crois devoir vous communiquer, par intérêt pour vous, ma toute belle. La célèbre bande en question (vous savez ce que je veux dire) aurait littéralement plumé vif, la semaine dernière, le fils unique du fameux Pipart (le marchand de noir animal de la Plaine-Saint-Denis). Ce Pipart menacerait de porter plainte si les sommes soutirées à son fils ne lui étaient pas rendues pour la fin du mois (et nous sommes le 24). Les cartes dont se seraient servis les membres de ladite bande auraient été biseautées. J'ai le regret de devoir ajouter à cette information pénible qu'un nom a été prononcé devant moi (vous devinez lequel). Ce serait celui de l'adversaire au jeu du dénommé Pipart *junior*. Sur ce, ma toute belle, à bon entendeur, salut! »

Coralie passait ensuite à des descriptions de toilettes portées par de belles étrangères. Mais ses huit pages d'écritures croisées étaient perdues pour Simone.

Accablée par la nouvelle affreuse, elle demeurait sans force et sans mouvement sur la chaise où elle était tombée. Ainsi le sort s'acharnait contre elle ; dans le moment même où son père était la victime d'une agression inouïe, son frère allait être arrêté pour escroquerie et vol! C'en était trop. Elle éclata en sanglots « comme ceux qui n'ont plus d'espérance ».

Depuis combien de temps se lamentait-elle ainsi? elle n'aurait pas su le dire, quand quelqu'un, entrant dans la pièce, la fit tressaillir tout à coup.

Levant les yeux, elle aperçut Jeoffre, le contremaître de son père. Il lui expliqua, un peu confus :

— J'ai appris la nouvelle par le *Petit Journal*. Ça m'a donné un choc ; j'ai pris le train pour Senlis, un fiacre à la gare, et me voilà. Comment va le patron?

— Tout doucement, répondit la jeune fille, en tendant la main au contremaître.

C'était un honnête homme à sa manière, très travailleur et très probe, qui, sans aucunes convictions personnelles, avait du moins le mérite de laisser sa femme élever très chrétiennement ses nombreux enfants. Simone savait qu'elle pouvait se fier à lui. Prenant une résolution soudaine, elle lui dit :

— Ecoutez, Jeoffre, j'ai une confidence à vous faire. Ce n'est pas tant sur mon père que je pleure, hélas! que sur mon frère! Je vous étonne..... Ecoutez-moi jusqu'au bout.

Et, après l'avoir mis, en peu de paroles, au courant de la situation, elle lui lut le passage affolant de la lettre de Coralie Jacquot.

Le contremaître écouta tout sans broncher.

— Ça ne m'étonne pas beaucoup, dit-il à la fin. M. Gaétan n'a pas trop bonne réputation dans notre monde, je veux dire dans le monde des travailleurs. Quand un jeune homme n'a pas de cœur à l'ouvrage, on ne peut guère compter sur lui, et, comme dit ma femme : « L'oisiveté est la mère de tous les » vices. »

— Alors, demanda Simone haletante, vous croyez que mon frère aurait commis cette abomination de tricher au jeu?

— Je le crains, Mademoiselle.

— Jeoffre, s'écria la jeune fille éperdue, donnez-moi une preuve d'attachement dont je vous serai toute ma vie reconnaissante! Mon père est trop malade pour vous recevoir ce matin. Retournez à Paris tout de suite sans que mon frère vous voie. Menez une enquête sur les faits et gestes de ce malheureux ; prenez un détective s'il le faut : je payerai ce qu'on voudra. Tirez cette affaire au net. Je n'en vis plus! J'en mourrai!

Le contremaître répondit, tout ému :

— Soyez tranquille, Mademoiselle Simone, demain soir vous saurez ce qui se passe!

Déjà la porte s'était refermée sur lui.

Alors Simone, d'un geste atavique sans doute, joignit les mains, en levant les yeux au ciel. Pourquoi faire, puisqu'elle n'avait jamais recours au bon Dieu, ni à la Mère de toutes les miséricordes?

Gaétan ne rentra que vers 4 heures du soir. Il raconta que le procureur l'avait retenu à déjeuner pour causer plus longuement avec lui, que ses indications avaient été des plus précieuses, qu'on croyait être sur la bonne voie, en dépit de mille difficultés.

— Heureusement encore, ajouta-t-il, que le chauffeur a vu distinctement les moines s'enfuir par le jardin, car le témoignage de papa, épouvanté et blessé, n'aurait pas été concluant pour la justice.

— Mais le chauffeur, pas plus que papa, n'a pu les reconnaître, objecta Simone, puisqu'ils avaient la figure cachée sous un drap noir?

— Oh! ça ne fait rien, répliqua Gaétan, d'un ton entendu, de suffisance. Les présomptions morales sont là, tout concorde à désigner les coupables.

Il ne voulut jamais en dire plus, malgré les questions réitérées de sa sœur. Cela parut louche à Simone. Quelque chose d'indéfinissable dans l'attitude singulière de son frère lui déplut. Il avait un air de satisfaction méchante, de triomphante ironie qui contrastait trop avec son abattement du matin et qui lui portait souverainement sur les nerfs. Sachant ce qu'elle pouvait savoir de sa conduite, elle pensait avec indignation :

— Il devrait être honteux, pourtant, et se renfoncer sous terre! Et le voilà qui se redresse et monte sur ses ergots! Qu'est-ce que cela signifie?

Une furieuse envie la prenait de lui crier son mépris à la face, de le confondre, de l'anéantir. Mais ce n'était pas le moment. Il lui fallait attendre encore. Par crainte d'éclater, elle tourna le dos à son frère et remonta précipitamment dans la chambre du malade.

Là, du moins, près de la Sœur Agnès, elle retrouverait la paix.

Narcisse reposait assez tranquillement. La religieuse, debout devant une table, apprêtait la gaze et l'ouate nécessaires au pansement prochain, car le Dr Pascal s'était annoncé pour 6 heures, et, sans doute, amènerait-il avec lui son fameux confrère. En voyant arriver la jeune fille, la Sœur lui sourit, et le visage contracté de Simone se détendit involontairement pour lui répondre. Elles se mirent à causer tout bas, pour ne pas déranger le malade.

— Comment va-t-il, ce soir?

— Plutôt mieux ; j'en suis contente.

— Il ne s'est pas plaint?

— Pas du tout, il est très sage.

— C'est que vous le soignez très bien, ma Sœur!

De nouveau, elles se sourirent.

Mais la porte s'ouvrait doucement ; le Dr Pascal introduisait l'illustre Thévenin.

Narcisse, faiblement, se souleva, remercia les deux praticiens de la peine qu'ils prenaient pour lui. Le gros homme n'était pas foncièrement mauvais, dévoyé seulement. Et, malgré son égoïsme abominable, il n'avait pas coutume d'être beaucoup gâté par les autres. Les soins dont il se voyait entouré depuis son aventure l'étonnaient et l'attendrissaient curieusement.

— Je suis confus..... balbutiait-il.

Thévenin, qui était jovial, se moqua de lui, pour le faire rire.

On examina de nouveau la plaie du pied, on la pansa, on prit la température. La religieuse narra par le menu toutes les péripéties de la journée. Thévenin approuva le traitement de son confrère Pascal et rédigea une ordonnance, dûment signée et paraphée, défendant absolument à *personne* de pénétrer dans la chambre du malade, hors sa propre fille et la Sœur Agnès. Pascal ne l'avait fait venir que pour cela.

Peu d'instants après le départ des deux médecins, un domestique, frappant à la porte, annonça que M. Gaétan attendait Mademoiselle pour se mettre à table.

— Dites-lui qu'il mange sans moi, répondit-elle vivement.

Puis, se tournant vers la religieuse, une supplication dans les yeux :

— On vous sert ici, dans le vestibule, n'est-ce pas, ma Sœur? Voulez-vous me permettre de dîner avec vous?

— Mais je crois bien, très volontiers.

Il parut à Simone qu'elle faisait la plus délicieuse dînette de sa vie.

XI

Le bruit de l'attentat commis à l'abbaye s'était naturellement répandu, dès la première heure du jour, à Pontanmé. Tout le monde s'en affaira, la famille Guiscard comme les autres. On n'habite pas une si petite ville sans qu'un pareil événement ne prenne les proportions d'une catastrophe publique.

Pourtant, les propriétaires de l'abbaye n'étaient ni aimés ni appréciés de leurs voisins. D'abord, parce qu'il reste en France, Dieu merci! plus de gens qu'on ne croit pour lesquels comptent les lois de l'Eglise, et que ces gens-là ne peuvent pas estimer les spoliateurs des Congrégations religieuses. Ensuite, parce que les nouveaux propriétaires de l'abbaye n'avaient rien fait pour s'attirer la sympathie de personne. L'entrepreneur passait pour ce qu'il était : « un grossier parvenu » ; son fils pour « un insupportable fat », et, en cela non plus, les bonnes langues n'avaient pas tort. Quant à sa fille, malgré le bon appoint de son élégance et de sa beauté, on la trouvait généralement « trop fière ». Ce qui était aussi rigoureusement exact.

Mais l'audace incroyable des malfaiteurs inconnus atterrait. Quoi! s'introduire ainsi dans une habitation pleine de monde! Fouiller un coffre-fort à la barbe du propriétaire et s'enfuir avec le butin sans être dérangé par personne! Cela dépassait les bornes de la vraisemblance.

— Où allons-nous, Seigneur? où allons-nous? se disaient, avec effarement, les paisibles habitants de [illegible].

Et les plus sagaces ajoutaient, en branlant la tête :

— Voilà où conduit le mépris des commandements de Dieu!

Quelques-uns disaient même tout bas :

— L'abbaye continue à se venger de ses usurpateurs! Et de trois maintenant. A quand le quatrième?

Ceux qui disaient cela étaient des gens superstitieux, et les gens sages ne manquaient pas de hausser les épaules.

Du reste, l'histoire des soi-disant moines voleurs n'avait fait aucune dupe dans le pays. On s'accordait à trouver cette mascarade puérile et ridicule. On en riait sous cape.

— Est-ce que le gros Liégaut, par hasard, avec son infernal aplomb, aurait été secrètement sujet à la peur des fantômes?

— Mais alors, concluait-on, ceux qui ont monté le coup devaient connaître intimement leur homme.

Chez les Guiscard seulement, la comédie fut jugée sinistre. Il était naturel que, dans un milieu aussi monacal, ce travestissement choquât. Les jeunes gens rapportèrent la nouvelle avec indignation, mais le vieux moine en avait déjà connaissance.

Cela ouvrait la porte à mille suppositions bizarres.

Pendant le déjeuner de la famille, on ne s'entretint que de l'affaire de l'abbaye. Henri s'exaltait, le Père Maître le calmait avec douceur. L'autre Guiscard, l'officier de cavalerie, remettait les choses au point.

— Peu importe, disait-il, le procédé employé par les voleurs,

Le fait est que les bandits ont aussi beau jeu actuellement qu'aux temps enténébrés de Cartouche ou de Mandrin.

— *Nisi Dominus custodierit civitatem*, prononça le moine. « Si le Seigneur ne garde pas la ville, c'est en vain que veille celui qui la garde..... »

— Ah! voilà bien le mal de notre époque! s'écria l'officier. Le rejet de Dieu hors de la vie publique et de la vie privée de l'homme!

— Hélas! murmura Henri, ces malheureuses gens ont-ils seulement un crucifix dans leur demeure?

— Comme ornement peut-être, lui répondit son cousin. N'ai-je pas ouï dire que la jeune fille était artiste?

— Oui, répliqua Mme Guiscard. On m'a même raconté qu'elle avait parfaitement bien arrangé la chapelle en la décorant d'une foule d'objets de piété de toute sorte.

— Pauvre fille! s'écria l'officier, peut-être un obscur atavisme l'attire-t-elle invinciblement vers un culte qu'on ne lui a jamais appris à connaître?

Henri ne riposta rien. Il soutenait son oncle qui se levait pour réciter les grâces.

Mme Guiscard, un peu après, sortit pour visiter une pauvre mère de famille malade. Là, comme partout ailleurs, on parlait du fameux vol. Plusieurs bonnes femmes assemblées discutaient avec chaleur.

— Figurez-vous, Madame, que la justice est descendue à l'abbaye!

— Est-ce vrai qu'on ait déjà fait une enquête?

— Ah! je vous crois. Plutôt deux qu'une!

— Et puis, vous savez, le fils Liégaut est arrivé de Paris tout à l'heure. Paraît qu'il apporte des documents sur les voleurs.

— Tant mieux si on les pince!

Mme Guiscard sut, par ailleurs, que le blessé était entre les mains du Dr Pascal et de la Sœur Agnès et s'en réjouit.

Avec ces deux anges gardiens-là, pensa-t-elle, si le pauvre homme doit mourir, il ne mourra sans doute point dans l'impénitence finale.

Elle le raconta le soir, à table, et les deux jeunes gens s'en étonnèrent un peu.

Mais le Père Maître leur dit :

— Ce que les hommes prennent pour le hasard n'est que le résultat de la mystérieuse volonté de Dieu. Ce n'est sûrement pas sans un destin spécial que la Providence a dirigé le choix inconscient d'un serviteur sur le médecin le plus croyant de la contrée.

L'usage était, dans la famille Guiscard, de réciter la prière du soir en commun, à 9 heures. Et aussitôt après, le vieux moine se retirait chez lui, tandis que les autres, parfois, continuaient à veiller un peu ensemble.

Il était environ 10 heures, et Robert et Henri causaient encore ensemble, dans le salon, près de Mme Guiscard qui tricotait pour ses pauvres, lorsqu'une voiture vint à s'arrêter devant la porte, chose extraordinaire à une heure aussi tardive.

La veuve et les deux jeunes gens se regardaient avec surprise et Henri allait s'élancer vers la porte quand elle s'ouvrit avec violence, laissant passage à la vieille servante affolée.

— Les gendarmes! Ils demandent ces messieurs!

— Les gendarmes! répéta l'officier qui s'était levé d'un bond. Un rappel de mon régiment, peut-être? Un ordre de mobilisation? Une alerte?

Dans l'encadrement de la porte, la silhouette épaisse d'un brigadier de gendarmerie apparut.

— Messieurs Robert et Henri Guiscard! demanda-t-il en se référant à un papier.

— C'est nous! s'écrièrent à la fois les deux cousins. Qu'est-ce qu'on nous veut?

— C'est M. le juge d'instruction qui vous convoque à son bureau pour vous interroger sur l'affaire de l'abbaye.

— Mais nous n'en savons rien!

— Ça m'est égal, riposta rudement le brigadier, vous vous en expliquerez là-bas.

— Faut-il donc vous suivre immédiatement?

— Oui, j'ai l'ordre de vous ramener.

Mme Guiscard, tremblante, protestait, demandait vainement les explications au gendarme.

Henri l'embrassa sans mot dire.

[illegible]bert lui serra la main en souriant.

— Ne vous tracassez pas, ma tante ; simple formalité, sans dou[illegible]

Ma[illegible] jeune homme était loin d'éprouver la confiance qu'il affectait. Cette convocation nocturne lui semblait bien avoir la tournure d'une de ces arrestations arbitraires dont la justice des Loges n'a donné que trop d'exemples. Il se demandait seulement *pourquoi* on les arrêtait, lui et son cousin. Est-ce que, par hasard, on les accuserait de connivence avec les prétendus moines de l'attentat? Mais non, c'eût été trop idiot. Les sectaires, même les plus farouches et les plus ineptes, ne pouvaient pas donner une preuve de pareille aberration mentale.

Henri, assis à ses côtés dans le fiacre, les yeux fermés, récitait son chapelet. Le brigadier se tenait sur le strapontin de la voiture. Un autre gendarme partageait le siège du cocher.

Ce fut en cet équipage que les « prévenus » arrivèrent au palais de justice.

Les rues de la petite ville, par bonheur, étaient désertes.

Mais une grande agitation régnait dans le « temple de Thémis ». C'était un va-et-vient de toges, des courses sur les escaliers, des appels discrets, des chuchotements. On avait dû attendre, avec impatience, l'arrivée du fiacre, escompter frénétiquement le plaisir de voir coffrer des calotins.

Introduit aussitôt dans le cabinet du juge d'instruction, le lieutenant Guiscard dut décliner ses noms et qualités, selon l'usage.

Puis le juge procéda vivement à l'interrogatoire :

— Dites-moi ce que vous savez sur l'attentat de l'abbaye?

— Ce que tout le monde en sait, Monsieur le juge, et rien d'autre.

— Et qu'est-ce que tout le monde en sait, je vous prie?

L'officier dut faire appel à sa patience chrétienne, pour répondre avec la politesse voulue :

— On raconte que le propriétaire *actuel* de l'abbaye aurait été réveillé en sursaut par un bruit insolite, la nuit dernière. Il aurait aperçu deux hommes vêtus de cagoules noires, qui dévalisaient son coffre-fort, se serait élancé vers eux, le revolver à la main, mais serait tombé d'une syncope, causée par l'épouvante, et se serait logé lui-même dans sa chute, une de ses balles dans le pied.

— Et pourquoi cette épouvante, je vous prie? continua le juge, dont les petits yeux jaunes pétillaient de satisfaction derrière ses lunettes.

L'officier eut peine à dissimuler un sourire.

— Beaucoup de personnes, sans doute, à sa place, auraient éprouvé le même sentiment de terreur.

— Non, Monsieur, non! s'écria triomphalement le juge. M. Liégaut n'a pas eu peur des bandits, en tant que bandits! Ce qui l'a renversé, ça été de les voir habillés en moines! La farce était bien jouée, je l'avoue, et je vous en félicite!

Un flot de sang monta au visage du hussard.

— Vous m'en félicitez? s'écria-t-il avec un emportement dont il ne fut pas le maître. Que prétendez-vous dire, Monsieur?

— Chut! pas si haut, prévenu! N'oubliez pas le respect que vous devez au représentant de la loi!

Mais, sans l'entendre, l'officier criait de plus belle :

— Je veux savoir, à la fin, pourquoi je suis ici et de quoi on m'accuse?

— Comme si vous ne le saviez pas! goguenarda le juge. Très fort, jeune homme! dommage que vous portiez l'habit militaire! vous auriez fait fortune à la Porte-Saint-Martin!

Puis, reprenant le ton doctoral, si cher aux magistrats :

— Mais vous n'avez fait allusion à personne, malheureusement pour vous. Nous savons tous, au Palais, que deux seuls êtres au monde étaient capables de machiner et de mettre à exécution un pareil coup ; vous d'abord, déjà connu par de si fâcheux précédents ; votre cousin ensuite, cette petite graine empoisonnée de moine!

Robert Guiscard s'était croisé les bras, et livide, immobile, il regardait le juge avec une stupeur qu'il ne parvenait pas à dissimuler.

— Est-ce que je rêve? murmura-t-il à la fin. Non, ce n'est pas un magistrat français qui me parle!

On l'entraîna précipitamment dehors.

Et Henri fut introduit à son tour en la présence redoutable du tortionnaire moderne.

Mais lui ne s'emporta pas, ne s'étonna de rien, et dérouta le bourreau davantage par son extrême douceur que l'autre par sa trop légitime indignation.

D'ailleurs, le résultat de leur interrogatoire fut le même pour les deux cousins. On les mit instantanément au régime de la prison préventive. Et ce fut à grand'peine qu'Henri obtint l'autorisation d'envoyer une lettre ouverte à sa mère, pour l'avertir de ce qui leur arrivait.

On s'imagine plus aisément qu'on ne saurait le décrire le bouleversement de Mme Guiscard au reçu de cette fatale nouvelle. Mais c'était une femme forte, qui puisait dans sa foi profonde le courage de supporter l'épreuve, si déchirante fût-elle. Tombant à genoux au pied de son crucifix, elle offrit généreusement à Dieu le sacrifice de son fils unique.

— Seigneur! murmurait-elle au travers de ses sanglots, Seigneur, je vous l'avais donné pour le cloître! Si vous le voulez dans les fers, que votre sainte volonté soit faite! N'avez-vous pas été traîné vous-même d'un prétoire à l'autre, accusé par de faux témoins, bafoué devant les tribunaux! Le serviteur n'est pas au-dessus du maître! Je vous demande seulement, pour mon fils, la grâce de la constance dans les peines ; faites qu'il soit digne du vieux nom qu'il porte, digne de son oncle, de son vaillant cousin, déjà tous les deux confesseurs de la foi!

Cette mère vraiment chrétienne pria ainsi longtemps. Puis, ne voulant pas se laisser accabler par la fatigue, car elle savait qu'elle aurait besoin de toutes ses forces physiques, elle se jeta sur son lit et s'y reposa, jusqu'à l'aube, sans dormir.

C'était à 5 heures du matin que Dom Guiscard avait coutume de célébrer la sainte Messe. Henri le conduisait à l'église, le servait à l'autel, le ramenait à la maison.

A 4 h. 45, Mme Guiscard, ayant rafraîchi son visage et remis de l'ordre dans sa toilette, alla frapper à la porte du vieux moine, ainsi que le faisait, chaque matin, son fils.

— Que se passe-t-il? demanda le religieux avec surprise, en la voyant.

Refoulant bravement ses larmes, elle répondit :

— Une grande iniquité vient de se commettre encore, mon oncle. Robert et Henri viennent d'être conduits en prison...

Les yeux noirs du moine étincelèrent.

— Pourquoi? s'écria-t-il.

— Ne le devinez-vous point, mon oncle? Ces enfants sont accusés d'avoir emprunté vos vêtements monastiques, pour dévaliser plus facilement l'usurpateur de l'abbaye!

La flamme s'éteignit dans les yeux de l'octogénaire ; une sorte de sourire passa sur son visage.

— Ne vous inquiétez point, ma nièce, dit-il avec bonté ;

pareille accusation n'est pas pour troubler nos consciences. Avant trois jours, croyez-le bien, le malentendu sera dissipé.

— Dieu vous entende, mon oncle! répliqua-t-elle chaleureusement.

Après la messe, et tandis que le Père Maître terminait son action de grâces, la veuve se rendit chez le curé de la paroisse, pour le prévenir de l'événement et lui demander le secours de ses prières. D'abord, l'abbé Laurent ne voulait pas la croire, paraissait craindre qu'elle ne fût devenue subitement folle, tant cette histoire lui semblait fantastique. Mais, convaincu à la fin, il s'empressa de se mettre à sa disposition.

— Dom Guiscard est trop âgé, lui dit-il, pour agir efficacement. Vous savez que j'ai beaucoup d'amis à Paris. Ne craignez pas d'user et d'abuser de moi.

— J'en abuserai, Monsieur le Curé, soyez-en sûr, s'écria la pauvre femme. Mais je ne voudrais pas vous retenir; voici l'heure de votre messe.

— Eh bien! dès que je l'aurai célébrée, j'irai conférer avec vous et le Révérend Père sur les meilleures mesures à prendre pour la délivrance de nos chers enfants.

Le premier résultat de cette conférence fut le départ immédiat de l'abbé Laurent pour Paris, où il voulait s'aboucher avec son ancien condisciple de Stanislas, l'illustre avocat Courtalin.

— S'il n'est pas à Paris même, assura l'ecclésiastique, je suis certain de le trouver à Chevreuse, où ses beaux-parents possèdent une maison de campagne. Je connais son bon cœur et son zèle ardent pour défendre les causes justes. Il n'hésitera pas une seconde à se charger de notre affaire, et j'ose affirmer qu'elle ne saurait être en de meilleures mains.

Dom Guiscard, de son côté, écrivit à leur parent, le colonel de la Possonnière, commandant le 15e hussards, où Robert avait servi jadis; car il importait de le prévenir personnellement, de ne pas lui laisser apprendre par les journaux l'odieuse machination ourdie contre son lieutenant. Peut-être, du reste, pourrait-il intervenir au ministère, obtenir une ordonnance de non-lieu?

Cependant la rumeur de ce nouveau drame s'était répandue comme une traînée de poudre. Les gens s'apitoyaient, cette fois, et accouraient en foule vers la demeure de la famille Guiscard, pour lui témoigner en même temps sa sympathie et son indignation. Et la veuve les recevait tous avec reconnaissance, car elle pratiquait cette charité parfaite qui ne s'absorbe pas dans sa douleur farouche, mais qui continue, dans la peine, à « regarder son prochain de bon cœur et de bon œil ».

XII

Simone, en conformité avec les ordonnances de Thévenin, s'était installée chez son père, de compagnie avec la Sœur Agnès. On avait dressé un lit, pour la religieuse, dans le fameux cabinet de toilette; un autre, pour Simone, dans la chambre même du malade, derrière un paravent. Ces deux femmes, décidément de très bon accord, s'étaient relayées pour la nuit, sans beaucoup de peine, du reste, le patient, accablé de lassitude, ayant fini par tomber dans un sommeil pesant.

La Sœur, le voyant bien tranquille, s'était rendue à la Messe de 6 heures à l'église paroissiale. Elle avait bien vu de loin Mme Guiscard sonner au presbytère, mais n'avait pu se douter, naturellement, du but de sa visite.

Vers 8 heures, Simone descendit à son tour, non pour se rendre à l'église, hélas! mais pour aller surveiller le pansage de son cheval. C'était une façon de prendre un peu d'air, après la nuit suffocante, de respirer avec délices la fraîcheur matinale du jardin.

Elle arrivait tranquille, presque rassurée sur son père, oublieuse une minute des frasques de Gaëtan.

Son palefrenier lui cria, du plus loin qu'il l'aperçut :

— Mademoiselle ne sait pas la nouvelle?

— Quoi donc encore?

— On vient d'arrêter les messieurs Guiscard!

— Les messieurs Guiscard? répéta-t-elle machinalement, ne comprenant pas. Les deux jeunes gens que nous avons rencontrés dans la forêt?

— Oui, Mademoiselle, M. Robert et M. Henri Guiscard!

— Et pourquoi les a-t-on arrêtés? continua Simone stupéfaite.

— Rapport au vol!

— Eux!

Le cri lui échappa indigné, irrésistible.

— Si ce n'est pas malheureux tout de même, reprit l'homme en bougonnant. Des messieurs si comme il faut, si charitables au pauvre monde! Il y a longtemps que je les connais, moi. Je sais bien qu'ils ne veulent point voler. Sans compter qu'ils ne manquent pas de fortune, M. Robert surtout.

Simone, très pâle, demanda :

— Comment cela s'est-il fait? D'où vient l'accusation?

— On n'en sait rien. On dit que les gendarmes sont venus cette nuit les prendre, qu'ils sont déjà bouclés en prison. C'est pas pour dire, mais ça fait un drôle d'effet dans le pays, cette affaire-là!

— Je le comprends! c'est odieux! Il faut que j'en parle à mon frère. Lui qui est si bien avec ces messieurs du Parquet, peut-être pourrait-il quelque chose.

Déjà elle s'enfuyait, courait vers le logis de son frère. Mais Gaétan n'était pas visible : Monsieur prenait son bain.

— Dites-lui que je reviendrai dans une demi-heure, ordonna-t-elle au domestique.

Sa tête bourdonnait. Arrêté comme cambrioleur, le beau cavalier de la forêt! le sauveteur du petit paysan tombé dans la Thève! le vaillant officier décoré pour fait de guerre au Maroc! Non, elle rêvait, ce n'était pas possible! Firmin lui avait raconté là un de ces contes à dormir debout dont les gens du peuple sont si friands parfois! Son pouls battait avec violence. Une fièvre d'angoisse la torturait.

Errant à l'aventure, dans le trouble de ses esprits, ses pas la portèrent machinalement vers la chapelle. Malgré les richesses qu'elle y avait entassées à plaisir, la jeune fille n'y allait pas souvent, depuis les réflexions inutiles de Nita Woisey : « l'ange apparaissant debout, à la droite de l'autel, un encensoir d'or à la main ».

Mais le serviteur chargé du soin d'y entretenir l'ordre et la propreté s'acquittait fidèlement de sa mission. Les lampes vertes et rouges brûlaient sans cesse dans le chœur, nimbant de leurs doux reflets l'antique image de la Madone.

Et vers la Madone, en son angoisse cruelle, la fille de l'usurpateur s'avançait inconsciemment. Elle admirait le pur ovale du céleste visage et se disait, au fond de son cœur :

— Comme elle est jolie! comme elle paraît tendre! Ah! si je pouvais y croire!

Elle avait cru, pourtant, le jour de sa première Communion. Mais il y avait si longtemps de cela! Et depuis lors, on lui avait tant répété que la religion n'était plus de mode!

Elle soupira et s'en fut en baissant la tête.

Sous le cloître, elle rencontra Gaétan qui arrivait au-devant d'elle, rasé de frais, parfumé, monocle à l'œil, fleur à la boutonnière.

— Où vas-tu? lui cria-t-elle aussitôt.

— Je vais au Parquet, ma chère.

— Tu sais ce qu'il a fait, cette nuit, ton Parquet?

— Quoi donc? fit-il, jouant l'étonnement.

— A d'autres! répliqua-t-elle d'un ton de colère. Tu ne dois pas ignorer l'arrestation des deux messieurs Guiscard!

— Non! Mais tu es épatante, toi! Est-ce que je suis dans les secrets des dieux? Et puis après? Je m'en moque pas mal qu'on arrête qui on voudra, pourvu qu'on retrouve l'argent!

— Comme si ça pouvait être eux qui l'aient pris!

— Tiens! tu les connais donc, ces aimables frocards? questionna-t-il insolemment.

— Oui, je les connais, et je m'en vante! cria-t-elle, exaspérée, et je regrette amèrement que tu ne leur ressembles pas.

Gaétan, du coup, se fâcha tout rouge.

— Es-tu folle! Vas-tu te taire, à la fin! N'as-tu pas honte de défendre les assassins de ton père?

— Ce ne sont pas les assassins de mon père!

— Le chauffeur les a reconnus!

— Ce n'est pas possible, puisque les bandits portaient une cagoule sur la figure!

— T'es bête! C'était pour faire peur à papa. Mais, dans le jardin, ils avaient rejeté leur *cagoule*, comme tu dis, et le chauffeur, au clair de lune, a fort bien distingué leurs figures.

Simone, très pâle, marcha sur son frère et le saisit par le bras.

— Combien lui a-t-on donné pour mentir, à ce misérable?

Gaétan grinça des dents.

— Est-ce qu'on paye les témoins d'un crime?

— Tu m'ennuies, à la fin! s'écria-t-il avec fureur, laisse-moi tranquille avec tes frocards. Ces messieurs m'attendent. Je n'ai que le temps de courir au Parquet.

Et il s'enfuit en claquant la porte.

Simone, plus énervée que jamais, remonta précipitamment dans la chambre de son père.

La religieuse achevait d'y tout remettre en ordre, avec cette silencieuse adresse et cette propreté minutieuse qui sont les caractéristiques des Sœurs gardes-malades.

Narcisse, trop absorbé par ses propres souffrances pour remarquer l'altération des traits de sa fille, lui expliqua, en gémissant, qu'il se sentait bien las et qu'il allait essayer de dormir un peu.

Elle l'approuva et profita de la circonstance pour entraîner la religieuse dans le cabinet de toilette et lui raconter l'incroyable histoire qu'elle venait d'apprendre. Sœur Agnès n'en revenait pas, s'exclamait, joignait les mains.

— C'est un coup monté par les francs-maçons, finit-elle par s'écrier.

Cela choqua Simone, habituée à entendre chanter continuellement les louanges des frères Trois-Points. Mais elle n'en laissa rien paraître, tant elle éprouvait déjà d'affection pour la religieuse.

Cette bonne Sœur, dans sa désolation, ne tarissait pas d'anecdotes sur la famille Guiscard. Elle les connaissait tous beaucoup. Elle avait soigné trois mois le jeune Henri, au cours d'une fièvre typhoïde épouvantable. On l'avait cru mort ; c'était Notre-Dame de Lourdes qui l'avait guéri. Rien ne pouvait donner une idée de l'admirable résignation de sa mère à cette occasion.

— Dom Guiscard, Mademoiselle, c'est un saint sur terre, un [illegible] à canoniser! Avec les intolérables souffrances qu'il endure, jamais un mot de plainte ne lui échappe, mais il se montre toujours aimable et souriant et s'oubliant pour les autres.

Simone écoutait ces récits avec la plus extrême attention quand le Dr Pascal arriva. Il paraissait soucieux, et la jeune fille en devina la cause. Il devait être révolté du scandale qui venait de se produire. Peut-être même soupçonnait-il cette machination infâme d'avoir été tramée à l'abbaye. Mais ce doute injurieux, la fille de Narcisse ne le supporterait pas.

Dès que le docteur eut terminé sa visite médicale, elle le suivit dans le vestibule, l'arrêta, lui cria presque :

— Vous ne me soupçonnez pas, au moins, d'être pour quelque chose dans l'iniquité que la justice vient de commettre au sujet de ce malheureux vol?

La regardant bien en face, il répondit :

— Non, mon enfant, non. Je ne vous ai jamais soupçonnée, *vous*, d'être descendue aussi bas. J'ai meilleure opinion de votre caractère. Des yeux aussi francs que les vôtres ne trompent pas.

Elle lui tendit la main sans un mot. Elle n'aurait pas été capable de prononcer une seule parole.

Cependant Gaétan, comme la veille, était resté à déjeuner en ville.

La journée se traîna, longue pour les deux femmes, dans la chambre du malade qui se plaignait beaucoup. Son pied le faisait souffrir plus que la veille ; il avait trop chaud ; il mourait de soif ; son lit était mal fait. Sans cesse il fallait lui donner à boire, l'éventer, rajuster ses couvertures. La Sœur supportait avec patience tous ces caprices de malade, mais Simone, malgré son affection filiale, finissait par en être excédée, et d'autant plus que son esprit ne goûtait pas un instant de repos.

Tant de pensées nouvelles, cruelles, incohérentes se heurtaient dans sa cervelle, que sa tête, par moments, lui semblait prête à éclater. Et puis, l'heure s'avançait. Jooffre n'allait pas tarder à paraître. Et que lui apprendrait-il, hélas! Elle en tremblait à l'avance, et le pire qu'elle pût prévoir, cependant, n'était rien à côté de ce que devait lui révéler cet homme.

L'horloge de la chapelle achevait de sonner 5 heures quand un domestique vint avertir la jeune fille que quelqu'un la demandait en bas.

C'était Jooffre.

Simone trouva le contremaître, comme la veille, dans la bibliothèque.

— Eh bien? lui demanda-t-elle vivement, qu'avez-vous appris?

Son cœur battait à se rompre.

Levant les yeux sur l'homme, elle s'aperçut qu'il était livide.

— Jooffre, au nom du ciel, qu'y a-t-il?

S'avançant de plus près, il lui dit tout bas :

— C'est vrai, il a triché au jeu. Il s'est servi de cartes bizeautées pour *plumer* le petit Pipart, cela pour rembourser le prince Milan Bobichef auquel il devait la forte somme.

— Et le père Pipart a-t-il vraiment porté plainte? demanda Simone dont les dents claquaient.

— Il a menacé de porter plainte, répondit Jeoffre, de plus en plus bas, mais..... on l'a remboursé à temps.

— Qui ça? le prince?

— M. Gaétan. C'est lui qui était visé.

— Gaétan! mais il n'a jamais le sou!

Jeoffre baissa la tête.

Et brusquement, avec la soudaineté de la foudre, une lueur terrible illumina Simone.

S'accrochant, pour ne pas tomber, au bras du contremaître, elle bégaya convulsivement :

— Il a payé! mon frère a payé cet homme! Quand cela? Je veux le savoir. Hier, peut-être?

[illegible] et releva les yeux, soulagé d'un poids énorme.

— Hier matin avant midi, répondit-il.

Simone, d'un geste égaré, passa la main sur son front.

— Et il vient de faire arrêter deux innocents à sa place, murmura-t-elle.

Le contremaître la regarda surpris, ne sachant rien; puis il continua son récit lamentable de la même voix monotone et sans timbre.

— J'ai fait marcher un détective. Le prince et votre frère ont quitté leur tripot habituel à 10 heures du soir, avant-hier, [illegible] à pied au garage où le prince loge sa voiturette. [illegible] ladite voiturette, presque aussitôt après, emmitouflés [illegible] yeux, et ils ont gagné la rue Lafayette à toute allure. A 4 [illegible], ils étaient de retour.

Simone écoutait, immobile, sans un mot, sans un geste, appuyée au mur, les yeux fermés.

[illegible] le contremaître se tut, elle dit lentement, avec effort :

— [illegible] pas fini. J'ai encore besoin de vous. Il faut que je parle à [illegible] frère. Sans doute essayera-t-il de me tuer. Ça me [illegible] égal [illegible] moi. Mais je ne veux pas qu'il m'échappe, [illegible] impunément de son crime.

— Vous [illegible], répondit gravement Jeoffre.

— Quand Gaétan viendra..... reprit-elle.

Mais s'interrompant tout à coup :

— Le voilà. J'entends la corne de l'auto.

Elle s'élança dehors.

Le jeune homme rentrait, souriant et narquois, une cigarette au coin de la bouche.

Devant l'expression tragique de sa sœur, il marqua un léger recul. Mais, le saisissant par le bras, et l'entraînant avec force :

— Viens, lui dit-elle, viens, j'ai deux mots à te dire :

Elle ne tremblait plus. Elle ne défaillait plus. Le désespoir lui donnait une énergie farouche.

Quand le frère et la sœur furent tous les deux seuls dans la bibliothèque.

— Ecoute, Gaétan, lui dit durement Simone. Un rapport de police vient de m'arriver sur toi. N'essaye pas de nier, c'est inutile. Tu as triché au jeu. On t'a surpris, on t'a menacé. Tu as eu peur. Tu es venu ici, l'autre nuit, avec ton âme damnée, ce prince ignoble, à la faveur d'un déguisement odieux. C'est toi qui as cambriolé ton propre père, qui as volé chez lui, non seulement son argent personnel, mais l'argent à lui confié par une Société civile. C'est toi qui as été cause de sa blessure, cause peut-être de sa mort!

Avec un cri de rage, le gredin essaya de se jeter sur sa sœur.

Mais un homme surgit à l'improviste qui le maîtrisa sans peine.

— Tenez-le bien, Jeoffre, continua impitoyablement Simone, et ne le lâchez pas jusqu'à ce qu'il m'ait obéi.

Et, apportant un stylographe et une feuille de papier devant le misérable, impuissant :

— Tu vas écrire une confession complète de tes crimes, datée, signée et parafée.

— Jamais de la vie!

— Tu vas l'écrire. Et je te donnerai tout ce que je possède d'argent liquide à moi pour que tu passes immédiatement la frontière. En prenant le rapide à Chantilly, tout à l'heure, tu peux être à Bruxelles pour minuit. Je te promets de ne divulguer ta confession à la justice que demain, à 9 heures du matin. Je m'engage à te faire parvenir ta pension, chaque mois, exactement, à l'adresse que tu m'indiqueras toi-même.

Voilà mes conditions. Si tu ne les acceptes pas, si tu te refuses à écrire ce que je veux, à l'instant, je te livre à la justice!

Gaétan haussa les épaules.

— La justice ne m'accepterait pas, gouailla-t-il cyniquement. Ce n'est pas un délit de voler sa famille. On voit bien que tu ne connais rien aux lois! L'article 380 du Code pénal s'exprime ainsi : « Les soustractions commises par les enfants au préjudice de leur père ne pourront donner lieu qu'à des réparations civiles. »

— Des réparations civiles! s'écria Simone. Rembourse ton père, alors!

— Et avec quoi, je te prie, maintenant que j'ai remboursé cet animal de Pipart?

— Ah! je comprends! C'est Milan Bobichef qui s'est approprié les fonds de la « Société des Constructions populaires »! Celui-là, au moins, je puis le faire arrêter comme je veux!

Et Simone, frémissante, marcha vers la porte.

— J'appelle ; on va venir ; je vais faire porter une dépêche à la Sûreté de Paris.....

Gaétan se tordit sous la poigne de Jeoffre.

— Non, non, pas cela! Ce serait ma mort. Milan, dénoncé, me tuerait.

Simone revint vers son frère.

— Alors, obéis-moi. C'est à prendre ou à laisser.

Le misérable obéit en grinçant des dents. D'une écriture saccadée et furieuse, sous la dictée de sa sœur, il avoua piteusement toutes ses vilenies, jusqu'au cambriolage du coffre-fort de son père.

Une demi-heure après, muni d'une légère valise, il montait, avec Jeoffre, dans l'auto qui devait le conduire à Chantilly.

Simone, sur le pas de la porte, regarda se fondre dans l'éloignement les phares de la voiture. Puis, les yeux secs, elle remonta péniblement jusqu'à la chambre de son père.

Narcisse dormait. La religieuse, assise près de la fenêtre que l'ombre voilait déjà, égrenait son chapelet.

Simone s'approcha d'elle. Tout son courage factice était tombé. A peine pouvait-elle se soutenir. Malgré les ténèbres qui envahissaient la chambre, sa pâleur, l'égarement de ses yeux frappèrent la religieuse, l'inquiétèrent soudain.

— Chère demoiselle, êtes-vous souffrante?

— Je voudrais être morte! répondit-elle.

Et comme la sainte fille protestait énergiquement :

— Lisez ceci, ma Sœur, lui dit Simone en lui remettant l'écrit de son frère, et vous qui savez prier, priez pour moi!

Craignant de déranger son malade, Sœur Agnès passa dans le cabinet de toilette et y tourna le commutateur pour lire.

Quand elle revint dans la chambre, Simone, évanouie, gisait tout de son long sur le parquet.

XIII

La Sœur, cette nuit-là, eut deux malades à soigner au lieu d'un. Simone, vers 2 heures du matin, fut prise d'un accès de délire, et jeta des cris affreux, qui épouvantèrent Narcisse.

— Qu'est-ce qu'elle a? mais qu'est-ce qu'elle a donc? répétait-il en se démenant comme il pouvait dans son lit. Est-ce qu'elle deviendrait folle?

— C'est le résultat de la fatigue et du chagrin, Monsieur, répondait patiemment la religieuse, qui alla s'efforcer, mais en vain, de calmer la jeune fille.

A la fin, à bout de ressources, elle imagina de passer son petit chapelet de poche, autour du cou de la démente ; et Simone, presque aussitôt, se calma et s'endormit :

Vers 7 heures, la pauvre fille se réveilla brisée, mais lucide. L'obligation du devoir à remplir la mit debout.

Narcisse ne voulut pas qu'elle reprît ses fonctions d'infirmière, assurant qu'elle était plus malade que lui. Elle eut la force de lui sourire, pour dissiper ses inquiétudes. Et cependant, elle se sentait anéantie, mais ne fallait-il pas qu'elle réparât promptement la monstrueuse erreur?

Jeoffre, d'après ses ordres, avait dû revenir avec l'auto, passer la nuit à l'abbaye. Elle le fit appeler dans le vestibule de son père, la Sœur s'étant opposée formellement à ce qu'elle descendît.

Le contremaître lui raconta que Gaëtan était parti d'assez bonne humeur pour la Belgique, en disant :

— Milan viendra m'y rejoindre. Nous filerons ensemble pour la Plata. C'est un pays où l'on joue gros jeu, paraît-il.

Tant de cynisme acheva de révolter Simone. La dernière

fibre fraternelle se rompit en son cœur. Gaëtan ne lui serait plus rien désormais qu'un étranger néfaste.

Froidement, posément, elle remit à Jeoffre la confession du misérable.

— Vous allez en faire vous-même une copie, lui dit-elle. Muni des deux feuilles, vous vous rendrez à la mairie, avec deux témoins, quatre témoins, s'il le faut. Vous ferez légaliser les signatures, attester l'exactitude absolue de la copie. Peut-être l'intervention d'un notaire vous sera-t-elle utile ; peu importe. L'indispensable, c'est que vous vous présentiez ce matin même, avec vos deux documents, devant le procureur. Vous lui ferez lire l'original, mais vous ne lui laisserez que la copie ; je veux garder l'écrit de..... du criminel.

Sa voix s'étranglait dans sa gorge.

Jeoffre, d'un mouvement spontané, lui saisit les deux mains.

— Pauvre demoiselle! balbutia-t-il. Pauvre demoiselle!

Et, incapable d'en dire plus, il plia le document dans son portefeuille et prit la porte. Sa mission n'avait rien d'agréable. Mais depuis le temps qu'il était aux gages de l'entrepreneur, il s'était si bien habitué à lui obéir qu'il ne pouvait plus se laisser rebuter par les difficultés d'aucun ordre.

Peu au courant des formalités juridiques, il réfléchit que le plus simple serait de s'adresser directement à un notaire, qui se chargerait sans doute de faire légaliser les pièces. Durant qu'il surveillait les travaux de l'abbaye, le contremaître avait remarqué des panonceaux étincelants sur la place de l'Eglise. Il se dirigea donc de ce côté, demanda le tabellion et lui exposa [illegible] de sa visite.

Jeoffre ne s'attendait certes pas à recevoir des compliments de ce personnage. Il avait même élaboré péniblement une riposte, pour le cas possible où on lui servirait quelque méchanceté sur ses patrons. Aussi fut-il bien surpris des transports de joie manifestés par le notaire, un petit bonhomme tout rond, qui semblait rouler sur ses courtes jambes.

— Mais, mon cher Monsieur, c'est la mise en liberté immédiate des messieurs Guiscard que vous m'apportez là! Quel brave homme vous faites! quel messager de bonheur! La colombe de l'arche, absolument!

Jeoffre le regardait, ahuri. Cette comparaison avec une colombe le remplissait d'effarement.

Le tabellion continuait :

— Une famille entière vous bénira, Monsieur ; plus qu'une famille, une population rurale! Votre nom sera demain dans toutes les bouches de Pontarmé.

— Mais, Monsieur le notaire, balbutia le pauvre homme, je n'y suis pour rien, moi! C'est notre jeune demoiselle qui a tout fait!

— Votre jeune demoiselle! s'écria le tabellion, extrêmement intéressé et pivotant sur son fauteuil avec une rapidité surprenante! Quoi! cette charmante personne?

— Oui, Monsieur. C'est elle-même qui a extorqué cette confession à son frère, en lui procurant, comme de juste, les moyens d'échapper à la police!

— Mais c'est du roman, cela!

Et le notaire battit des mains.

Il fallut que Jeoffre le rappelât à la réalité, en lui disant, sans beaucoup de formes :

— Tout cela nous retarde. Il faut que je me dépêche, moi! Mlle Simone veut que j'aille trouver le procureur avant midi.

Le tabellion s'exécuta. On légalisa les pièces. Tout allait bien jusqu'alors.

Mais le contremaître devait déchanter au Parquet. Là, on le reçut exactement comme un chien dans un jeu de quilles. La déclaration inopportune qu'il se permettait d'apporter à la justice dérangeait toute la belle combinaison des frères Trois-Points, détruisait d'un coup la machine infernale montée contre « les frocards en robe courte ». Peu s'en fallut qu'on ne traitât d'imposteur l'infortuné contremaître. Il avait beau répéter, crier :

— Puisque je vous dis que M. Gaétan a fichu le camp tout de suite! qu'il a pris le rapide hier soir! qu'il est actuellement à Bruxelles, à moins qu'il ne soit à Anvers, déjà prêt à s'embarquer pour l'Amérique!

Le procureur haussait les épaules ; ses comparses hochaient la tête. Et toujours la même phrase revenait, énervante :

— Rien ne le prouve, nous n'avons pas de preuves....

Jeoffre, en nage, s'essuyait le front.

— Tenez, Messieurs, leur dit-il à la fin, c'est bien simple. Puisque vous me prenez pour un faussaire, avec mes documents légalisés, faites marcher la Sûreté parisienne. En deux heures, vous serez fixés là-dessus. Vous saurez bien si M. Gaétan est encore chez son architecte, et le prince Milan dans ses tripots!

Pendant ce temps-là, le Dr Pascal arrivait à l'abbaye.

Simone, incapable de lui expliquer elle-même ce qui s'était passé la veille, en avait chargé la religieuse, qui guettait le médecin pour le mettre au courant.

Quand il entra dans la chambre du malade, Simone rencontra son regard et rougit tout à coup, inondée d'une grande joie. Cet homme de bien l'approuvait, la plaignait et l'estimait à la fois pour son acte de rigoureuse justice : précieuse consolation dans ses tourments.

Sans rien manifester, du reste, il ausculta la jeune fille, prit sa température et lui prescrivit le repos le plus absolu.

— Vous vous êtes surmenée, mon enfant, lui dit-il avec bonté, tout haut. C'est trop, il faut vous arrêter quarante-huit heures au moins.

Puis se tournant vers la Sœur :

— L'homme qui fait le service extérieur de cette chambre me paraît fort tranquille. Je vous autorise à l'introduire ici, pour vous aider dans les soins nécessaires à M. Liégaut. Mlle Simone restera bien tranquillement, sans bouger, sur la chaise longue. Je lui permets de lire. La distraction lui sera utile.

Mais, au moment de sortir de la chambre, le docteur s'approcha de la jeune fille pour lui serrer la main et lui demanda dans l'oreille :

— Puis-je avertir la pauvre Mme Guiscard?

D'un regard, d'une pression de main, elle répondit.

— Merci, murmura-t-il.

Après cela, Simone fut plus calme, et quelque chose de contracté parut se détendre en elle.

Cependant l'heure s'avançait et Jeoffre ne revenait point. Mandée par Simone, la bonne Sœur ne cessait d'expédier le valet de chambre en bas, pour savoir si le contremaître n'était pas rentré.

Enfin le domestique vint dire à la religieuse :

— M. Jeoffre est là.

Sœur Agnès, vivement, s'élança dehors.

Jeoffre ne mettait jamais les pieds à l'église, mais il envoyait ses enfants à l'école libre et professait beaucoup de considération pour les « chères Sœurs ».

L'aimable physionomie de l'infirmière lui plut et, tout de suite en confiance, plus à son aise même avec elle qu'avec la fille du patron, il s'empressa de lui raconter son odyssée matinale, de la façon la plus diffuse, depuis sa visite au petit gros notaire, jusqu'à sa comparution devant « ces messieurs du Parquet ».

Jeoffre, en parlant de ces messieurs, ne ménagea guère ses expressions.

— Ah! les gueux! s'écria-t-il, m'ont-ils assez mal reçu! C'est qu'ils avaient pourtant l'air de croire que je me payais leur tête! Je me doute un peu qu'ils m'auraient fourré en prison joliment volontiers!

— Pensez-vous qu'ils aient l'intention de relâcher bientôt les jeunes messieurs Guiscard? demanda la religieuse.

Le contremaître eut un geste expressif.

— Non, ma chère Sœur, non, je ne le pense pas du tout.

— Cependant, cette confession écrite et signée du coupable.....

— Ah bien! ouiche! Puisque je vous dis qu'ils n'y croient point, qu'ils prétendent que c'est une frime!

Puis, se rapprochant de la religieuse.

— Tenez, ma chère Sœur, voulez-vous que je vous donne mon opinion? Eh bien! si les amis et connaissances de ces jeunes gens-là ne se démènent pas en leur faveur à Paris, je crois qu'on pourra bien les retrouver moisis dans un coin de « l'hôtel des haricots »!

La Sœur ne put s'empêcher de sourire.

— Heureusement, dit-elle, que leur famille est prévenue et ne manquera pas d'agir en conséquence!

On devine la joie que l'excellent Dr Pascal avait apportée au foyer désolé de la famille Guiscard. C'était, pour le vieux moine et pour sa nièce, la certitude absolue de la délivrance de leurs chers enfants. Le raisonnement leur semblait limpide : Du moment que s'étaient révélés les coupables, on devait relâcher les innocents. Et déjà la pauvre mère croyait entendre le roulement de la voiture qui lui ramenait son fils.

Le docteur paraissait moins persuadé de l'empressement que mettrait la justice à réparer son erreur. Il s'offrit néanmoins à emmener la veuve avec lui, dans son auto, et à l'accompagner dans la démarche qu'elle voulait faire immédiatement au Palais.

Mais Pascal ne s'était pas trompé sur les dispositions des magistrats. On refusa de les recevoir. Aucun de ces messieurs n'était libre. Quant à communiquer avec les prévenus, il ne fallait pas y songer un instant. Leur instruction n'étant pas close, ils étaient gardés au secret le plus absolu.

Insister eût été perdre son temps.

— Heureusement, dit le docteur à Mme Guiscard, heureusement que Mᵉ Courtalin doit arriver aujourd'hui ! Les choses ne traîneront pas en longueur avec un avocat de sa trempe.

— Espérons-le ! murmura la pauvre femme.

Elle rentra fort déçue à Pontarmé.

Un petit groupe de voisins l'attendaient devant la porte, escomptant un peu trop vite le retour des deux jeunes gens. On la pressa de questions. Elle raconta qu'elle avait trouvé porte close. On s'exclama, on s'indigna, bien inutilement d'ailleurs. *Verba volant.* Autant en emporte le vent.

Mais le Père Maître s'émut peu de la déconvenue de sa nièce.

— Tout vient à point à qui sait attendre, déclara-t-il paisiblement.

Vers 2 heures de l'après-midi, Courtalin arriva de Paris en auto et descendit chez l'abbé Laurent qui s'empressa de le mettre au courant de la situation.

Puis tous deux se transportèrent chez les Guiscard. Et le Père Maître et sa nièce durent rassembler leurs moindres sou-[illegible]re au grand avocat le récit le plus minutieux de l'arrestation [illegible] les circonstances qui l'avaient précédée, accompagnée et [illegible] Courtalin prenait des notes au fur et à mesure avec beaucoup [illegible] sur son carnet. On lui parla naturellement de la confession de Gaëtan [illegible].

— Il faut que j'en prenne connaissance, déclara-t-il.

Les assistants se regardèrent.

[illegible] C'est que nous ne connaissons personne à l'abbaye, [illegible] Mme Guiscard.

— [illegible], dit l'abbé Laurent, il y a Sœur Agnès.

Courtalin se leva.

— C'est [illegible], dit-il, je m'en charge. Mieux vaut sans doute qu'une soutane ne paraisse point en l'affaire.

Le grand avocat se rendit donc à l'abbaye, demanda la garde-malade et se promena dans le cloître en attendant. Comme toutes les hautes intelligences, il était fort accessible aux beautés de l'art ; et la merveilleuse harmonie des colonnades et des arceaux le fascina. Tout absorbé par sa contemplation, il ne perçut point le pas léger de l'infirmière sur les vieilles dalles.

— Vous me demandez, Monsieur ?

Il tressaillit imperceptiblement, se retourna et toisa la petite nonne, qui se tenait modestement devant lui, sa propre carte de visite entre les doigts.

Avec beaucoup de politesse, il lui exposa le but de sa démarche.

Sœur Agnès répondit :

— C'est Mlle Simone qui détient la confession de son frère.

— Ne pourrais-je voir cette jeune fille ?

— Oh! non, Monsieur, elle est bien trop souffrante! Tant d'émotions l'ont accablée !

— Je le regrette vivement.

C'était vrai. Il avait espéré s'entretenir avec elle. Une curiosité lui était venue de connaître cette fille énergique et droite, si étrangement poussée en un pareil milieu.

Singulière étude psychologique à faire, songeait-il.

Mais la Sœur déjà revenait, le document à la main.

— Mlle Simone veut bien vous le confier un instant, Monsieur, mais à la condition que vous ne l'emportiez pas, que vous me le rendiez aussitôt après en avoir eu connaissance.

— Puis-je le copier, ma Sœur ?

— Sans doute, si cela vous est utile.

Courtalin n'en demandait pas plus.

Il s'assit devant une des gentilles tables de bambou, tira son carnet, son stylographe.

La religieuse attendait tranquillement à deux pas.

Quand l'avocat eut terminé sa copie et eut remis l'original entre les mains de Sœur Agnès :

— Monsieur, lui demanda-t-elle, vous serait-il possible de nous avertir de la mise en liberté de MM. Guiscard ?

— Mais certainement, ma Sœur, avec plaisir, quoique je ne me dissimule pas les difficultés de l'entreprise, ajouta-t-il plus bas.

Courtalin ne s'était pas trompé ! Le procureur lui refusa péremptoirement l'élargissement des prévenus. On venait de saisir la Sûreté de l'affaire ; il fallait attendre le résultat de l'enquête, etc., etc. Le magistrat, vénérable de la Loge *Parfaite Sérénité*, ne se possédait plus de colère. Tout son bel échafaudage de mensonges allait s'effondrer comme un château de cartes. C'eût été si plaisant de faire condamner comme cambrioleurs-assassins ces « moinillons » de Guiscard ! Et voilà Courtalin, le grand Courtalin, qui se mêlait maintenant de les défendre !

Suant, soufflant, écarlate, il exposait verbeusement ses bonnes raisons.

Et le maître, impassible, un sourire narquois sur sa belle figure entièrement rasée, le laissait s'embourber à plaisir dans ses divagations oiseuses.

Le plan de Courtalin était simple. Il le mit à exécution tout de suite.

Sans prendre le temps de s'arrêter à Pontarmé, il rentra directement à Paris, alla voir le garde des Sceaux, qu'il connaissait personnellement, lui exposa le cas, en obtint une déclaration de non-lieu pour ses clients et leur mise en liberté immédiate.

Ces Messieurs du Parquet durent bien s'exécuter.

Grande fut la surprise des prévenus lorsqu'on vint leur annoncer à 10 heures du soir qu'ils étaient libres. Car, n'ayant pu avoir depuis deux jours aucune communication avec personne, ils étaient dans l'ignorance absolue des événements [illegible] de se dérouler en leur faveur.

Avertis déjà par un télégramme de l'avocat, le vieux moine et sa nièce attendaient en comptant les minutes.

Un roulement de voiture, un coup de cloche, des pas précipités, les voici !

— Mon Père!

— Ma mère !

De telles minutes compensent bien des heures d'angoisse. Mais les natures les plus fortes parfois ne résistent pas aussi aisément aux transports de la joie qu'aux affres de la douleur. La vaillante mère d'Henri s'affaissa, sanglotante, entre les bras de son fils. Le Père Maître lui-même chancela, dut être soutenu par son filleul, Robert.

Puis, quand ils se furent tous remis et calmés, ils tombèrent à genoux et remercièrent le bon Dieu.

Après quoi, le vieux moine, épuisé d'émotion et de fatigue, se retira chez lui. Mais les jeunes gens voulaient avoir l'explication de leur délivrance et, malgré l'heure tardive, la veuve s'empressa de leur tout raconter.

— Quoi! s'écria Robert, ce serait cette jeune mécréante, la fille de l'usurpateur de l'abbaye, qui aurait ainsi travaillé pour nous, je veux dire pour le bon droit?

— Oui, mon enfant. Et Dieu seul doit savoir ce qu'il lui en a coûté. On la dit très fière. Quelle humiliation pour son orgueil!

— Pauvre fille! dit le hussard. Sans doute est-elle plus à plaindre qu'à blâmer de son irréligion, dans le milieu déplorable où elle vit.

— Peut-être. Le Dr Pascal, qui la voit sans cesse depuis le crime, en fait le plus grand cas.

— Et le bon Dieu, ajouta gravement Henri, ne peut pas manquer de lui tenir compte de son abnégation.

XIV

Simone apprit le lendemain matin, par la religieuse, qui avait pu se rendre à la Messe de 6 heures, la mise en liberté des messieurs Griscard.

Sœur Agnès rayonnait.

— Voilà une grande injustice réparée, dit-elle, et c'est votre œuvre, chère enfant!

Simone rougit et soupira :

— Pouvais-je laisser condamner des innocents, quand je connaissais les coupables?

— Non, vous ne le *deviez* pas! Mais il y a beaucoup de gens qui reculent devant le devoir.

— Ceux-là sont des lâches, ma Sœur.

Mais Narcisse, dans son lit, s'agitait. Ainsi que la plupart des malades, il détestait qu'on ne s'occupât point directement et continuellement de lui. Les colloques de plus en plus fréquents de son infirmière et de sa fille avaient le don de l'exaspérer. Son état général, du reste, n'était point mauvais, mais la plaie de son pied suppurait toujours et semblait devoir être fort longue à guérir.

Le gros homme, qui n'osait pas entrer en lutte avec la Sœur et que sa propre fille ne se gênait pas pour admonester, avait vu, avec une satisfaction secrète, l'admission près de son lit de son fidèle valet de chambre.

Oscar était un de ces domestiques parfaits, véritables automates, qui ont perdu toute personnalité dans le moule uniforme de la banalité conventionnelle. On ne connaissait à ce serviteur modèle ni opinions ni principes. Tout lui était égal, pourvu que rien ne choquât les usages. Habitué, d'ailleurs, de longue date aux intempérances de langage de Narcisse, il n'en avait cure et n'en gardait pas moins respectueusement ses distances.

Oscar, à la vérité, ne pénétrait pas souvent dans la chambre, les deux femmes s'y trouvant presque toujours. Mais Narcisse attendait avec impatience le moment où Simone, allant mieux, entraînerait sa compagne au jardin, par exemple. Alors, il se ferait un peu soigner à sa mode. Depuis cinq jours qu'on l'abreuvait de limonade, qu'on le nourrissait de cacao et de chocolat, il en avait par-dessus la tête.

Justement, le Dr Pascal arrivait, tout souriant, trouvait beaucoup mieux ses deux malades.

L'entrepreneur demanda humblement :

— Est-ce que je ne pourrais pas prendre alors une petite côtelette de mouton?

— Pas encore, cher Monsieur, pas encore! Un peu de patience, voyons! La température n'est pas tout à fait normale. Demain, peut-être, vous permettrai-je un tapioca.

Narcisse fit la grimace.

— Et ma fille, docteur, ma jeune fille, ne pourrait-elle descendre un instant, faire un tout petit tour dans le jardin au bras de la bonne Sœur?

— J'avais prescrit, hier, à Mlle Simone quarante-huit heures de repos, répliqua le médecin ; mais je la trouve si vaillante aujourd'hui que je la laisse tout à fait libre de se promener une demi-heure si cela lui plaît.

Le gros homme se trémoussa d'aise dans son alcôve.

— Remercie donc le docteur, Simone! s'écria-t-il.

Mais elle répondit, en se tournant vers la religieuse :

— Je ferai ce que ma Sœur voudra.

Le docteur sourit et fit signe à la jeune fille de le suivre dans le vestibule.

— Vous devinez, lui dit-il, de quelle commission je suis chargé pour vous?

Simone rougit très fort.

— Les deux prisonniers vous envoient l'hommage de leur gratitude sans bornes. Leur mère voudrait vous ouvrir ses bras, vous serrer sur son cœur. Le Révérend Père Maître vous bénit.....

Un frisson secoua la jeune fille. Toutes les histoires fantastiques des moines vengeurs lui revinrent en foule, l'apeurèrent. Et ce vieux-là, ce spectre aux yeux de flammes, lui envoyait sa bénédiction, qu'est-ce que cela signifiait? Allait-elle donc mourir?

Pascal s'était éloigné. Simone rentra dans la chambre.

— Lis-moi les journaux, lui demanda son père.

Docile, elle obéit. Mais les mots dansaient devant ses yeux ; les phrases n'avaient point de sens ; elle lisait haut, mais n'entendait rien. Sa pensée ne quittait point les Guiscard ni ces deux beaux garçons qui l'assuraient « de leur dévouement sans bornes ».... ni cette mère « qui aurait voulu la serrer dans ses bras, sur son cœur ».... ni ce vieux moine surtout.....

Cependant la religieuse, la voyant absorbée, lui proposa de faire une petite promenade, après le déjeuner, dans le jardin. Et Narcisse appuya cette proposition tant qu'il put.

Les deux femmes descendirent au jardin. Un orage, pendant la nuit, avait rafraîchi l'air ; le temps était magnifique, le jardin de l'abbaye ravissant.

Sœur Agnès, en avançant par les allées sinueuses, ne se lassait point d'admirer la profusion de fleurs éclatantes et rares, qu'un coup de baguette magique de cette fée qu'on appelle la fortune avait fait jaillir spontanément d'un sol si longtemps désert. Simone, indifférente, ne l'écoutait pas.

— Ma Sœur, lui dit-elle tout à coup, sortant de son rêve, à quoi servaient les moines qui habitaient ici?

— A louer Dieu, à prier pour les pécheurs, à instruire les ignorants, à secourir les pauvres.

— On m'a dit, observa-t-elle, qu'ils fomentaient des

troubles, semaient la superstition, prétendaient rétablir pour leur compte la dîme et la corvée.

— On vous a menti, Simone, répondit tranquillement Sœur Agnès.

Elle rougit un peu. Ceux qui lui avaient dit cela, c'étaient son père, son frère, leurs amis les plus intimes. Elle reprit plus bas :

— Si le gouvernement les a expulsés, c'est qu'il avait ses raisons de le faire, pourtant.

— Sans doute. Les moines gênaient les franc-maçons. Quand on veut détruire un ennemi, ne fait-on pas sauter ses forteresses? Et puis les biens d'Eglise n'étaient pas mauvais à prendre, ajouta sans broncher la Sœur.

Simone s'arrêta et embrassa d'un coup d'œil l'ensemble majestueux des constructions.

— Quarante mille francs, ça! fit-elle, nous ne l'avons pas payé cher!

Elle soupira de nouveau, puis passant familièrement son bras sous celui de la religieuse.

— Croyez-vous vraiment, lui demanda-t-elle encore, que les moines se soient vengés sur les usurpateurs de leurs biens? Le marchand d'amidon pendu ; l'Anglais tué par son cheval ; mon père atteint de cette balle au pied?

— Mon enfant, répliqua la religieuse, très grave, Dieu manifeste parfois sa colère aux hommes par des châtiments inopinés. Cela s'est vu. Est-ce le cas ici? Je ne saurais le dire. Mais tenez pour certain que « Dieu se laisse toujours fléchir par la prière d'un cœur contrit et humilié ».

— Ceux qui croient à l'efficacité de la prière doivent être bien heureux, murmura Simone.

— Essayez d'y croire, dit doucement Sœur Agnès.

Mais la jeune fille secoua la tête et parla d'autre chose.

Narcisse, pendant ce temps-là, n'avait pas négligé une si belle occasion de se régaler à son aise.

Il s'était fait lestement apporter par son valet de chambre — en lui recommandant le plus grand secret — une belle tranche de jambon, une grosse part de brioche, et, pour arroser cela, un bon verre de porto.

Simone, malheureusement, n'ayant pas prévu cette fantaisie paternelle et n'ayant pas interdit à Oscar de la satisfaire, le domestique modèle n'avait pas hésité une minute à obtempérer à ses ordres.

Narcisse, en mangeant, et mis de belle humeur par le régal, se souvint tout à coup qu'il possédait un fils, et en demanda des nouvelles à Oscar. Mais le valet de chambre, sur ce sujet brûlant, avait la bouche cousue par des prohibitions formelles. Aussi répondit-il à son maître de la façon la plus vague.

— Monsieur sait bien que mon service près de lui me retient ici toute la journée. Je ne sais pas trop ce qui se passe ailleurs. M. Gaétan doit être sorti, j'imagine, pour une petite promenade en auto.

Narcisse observa, rêveur :

— Je ne sais pas pourquoi on l'empêche de monter ; ça me distrairait un peu.

Oscar ne répondit point.

Le soir, de nouveau, Narcisse parla de Gaétan. Il dit à Simone :

— Ton frère doit bien s'ennuyer, toujours seul en bas. Tu devrais l'engager à inviter du monde pour lui tenir compagnie, des jeunes gens de son âge, le substitut, par exemple, ou bien le secrétaire de la sous-préfecture.

— Je crois qu'il va beaucoup en ville, répondit évasivement Simone.

Cependant le porto et le jambon ne réussirent point au malade. Il eut le délire la nuit, cria qu'on le volait, et réclama énergiquement ses cinq cent mille francs. Voyant la religieuse qui s'empressait autour de son chevet, il lui dit, ne la reconnaissant pas :

— C'est vous, bien sûr, qui avez fait le coup! Les nonnes et les moines, ça se vaut. Ah! les canailles, m'avoir barboté tant d'argent, sous mon nez? Faut-il qu'ils aient du vice!

La Sœur dut lui donner une potion calmante pour l'endormir.

Au matin, le gros homme ne se souvenait plus de ses extravagances nocturnes. Il était fort tranquille et ne fit aucune difficulté pour avaler une tasse de lait, qu'il détestait pourtant.

Mais le médecin le trouva moins bien que la veille, constata une élévation sensible de la température et une recrudescence de suppuration dans la plaie du pied. Cela rendit soucieux l'excellent Pascal. Ne voulant pas inquiéter inutilement

Simone, il s'arrangea discrètement pour se faire reconduire par la religieuse et lui annonça :

— Je ne trouve pas notre malade en bonne voie aujourd'hui. Cette plaie m'a l'air de prendre une assez vilaine tournure. Le malade est puissant, la saison pernicieuse.

La Sœur murmura :

— Nous le soignons pourtant bien.....

Ce jour-là, malgré les instances de Narcisse, les deux femmes refusèrent de descendre au jardin. La chaleur était redevenue suffocante. Les gens même bien portants se sentaient accablés de lassitude. Narcisse bouda.

Cependant une lutte intime et cruelle se livrait en Simone. Jetée brusquement, et après tant d'années d'indifférence totale, au milieu d'un conflit aigu d'idées religieuses et antireligieuses, la jeune fille se débattait avec angoisse dans les affres nouvelles du doute. Il ne lui était plus permis d'ignorer le christianisme. Tout concordait à l'imposer à son esprit, les hommes et les choses, Dom Guiscard et ses neveux, le Dr Pascal et Sœur Agnès, et jusqu'à « ces pierres parlantes » qui lui racontaient cinq siècles de vie monastique, de luttes, de souffrances et de gloire.

Et lorsque, dans son esprit naturellement juste, elle venait à établir une comparaison entre les belligérants, elle était bien obligée de reconnaître que le bon droit ne se trouvait point du côté des ennemis de l'Eglise.

Mais son orgueil obstiné la retenait encore, la cabrait devant l'agenouillement prévu. Et c'était en cette âme, comme en tant d'autres, l'écho éternel du fameux *Non serviam !* « Je ne me soumettrai pas ! »

Toute la nuit, qui fut pénible, étouffante, sillonnée d'éclairs, Simone se retourna sur son lit sans dormir. Ou bien, quand elle s'endormait parfois un instant, c'était pour rêver du vieux moine aux yeux de flammes, qui tantôt l'appelait à ses pieds, tantôt la rejetait loin de lui.

Narcisse, de son côté, geignait et s'agitait, mais ce n'était pas pour les mêmes causes. Peut-être rêvait-il à ses cinq cent mille francs.

Or, c'était un dimanche. Sœur Agnès, comme de coutume, se rendit à la messe de 6 heures à la paroisse. En rentrant, sans affectation, tout en déjeunant avec Simone, elle lui dit :

— Vous êtes pâle! Cela vous ferait du bien de sortir. Vous devriez aller à la grand'messe!

Mais la jeune fille se récria. Jamais elle ne s'était montrée aux offices. Tout le monde la regarderait. On jaserait sur elle. Et puis, elle ne se trouvait pas bien ; elle ne se sentait pas le courage ni de s'habiller ni de sortir.

La religieuse soupira sans répondre.

Simone, craignant de l'avoir froissée, redoubla de prévenances à son égard et se montra toute la journée encore plus aimable que d'habitude avec elle.

Le malade, cependant, n'allait pas mieux. Il était devenu, par-dessus le marché, d'une humeur insupportable. La Sœur même ne trouvait plus grâce à ses yeux. Quant à Simone, elle ne recevait que des rebuffades.

Vers 2 heures de l'après-midi, voyant l'entrepreneur en de si fâcheuses dispositions, les deux femmes crurent bien faire de le laisser un peu seul avec son valet de chambre.

— Cela le changera, se disaient-elles.

Etant donc descendues ensemble, comme les vêpres sonnaient à la paroisse, la jeune fille engagea la religieuse à y aller, soi-disant pour la laisser plus libre.

— J'ai affaire avec le jardinier. Il a dû payer des notes qu'il me faut vérifier moi-même.

En effet, Simone se dirigea vers le pavillon du jardinier et y entra.

Presque aussitôt après, une auto de voyage, couverte de poussière, s'arrêtait devant l'abbaye. Le passage des autos sur la route étant continuel, la jeune fille n'y prit seulement pas garde.

Cependant, deux voyageurs, se débarrassant de leurs voiles, masques et pare-poussière, venaient de pénétrer dans l'abbaye : les deux Jacquot, père et fille. Déjà le portier, tout effaré, s'élançait :

— Monsieur ne reçoit personne! Monsieur est très malade!

— Allons donc! répliqua Jacquot, de sa grosse voix. Pas de simagrées avec moi, mon bonhomme! Est-ce que vous ne me reconnaissez point? Jacquot, le député de Ménilmuche!

Devant la magie du nom, le serviteur s'effaça. Le tribun, qui connaissait les aîtres de la maison, monta directement chez Narcisse, tandis que Coralie, avisant Marceline, la soubrette de

Simone, se faisait donner du drame toutes les explications possibles.

Orcar, justement, venait de descendre, à l'office en conformité avec les injonctions de son maître, pour lui chercher du pomard et une aile de poulet froid.

Jacquot trouva la voie libre et pénétra inopinément dans la chambre. Narcisse, tournant la tête, jeta un cri en le voyant.

— Ah! mon pauvre ami, s'écria le tribun, quelle histoire de tous les diables!

Jacquot, fort connu pour ses « ripailles », venait de déjeuner à Chantilly, dans un hôtel fameux, et, par l'effet de la chaleur, sans doute, y avait un peu trop copieusement arrosé son repas de sauterne. Aussi, complètement sourd aux lamentations de Narcisse, poursuivit-il son discours avec la ténacité particulière aux disciples de Bacchus.

— Oui, c'est une fichue affaire! Mais on a des amis, morbleu! Nous étoufferons la chose! Votre gaillard de fils a bien fait de filer! Pas tant de chance, le Milan! On l'a pincé au gîte, emballé pour Clairvaux. Hein! c'est farce, dites donc? d'une abbaye dans l'autre!

Et le tribun éclata d'un gros rire.

Narcisse, éperdu, bégaya :

— Mon fils! Milan! Je ne comprends plus!

— Tu, tu, tu, fit Jacquot, goguenard, faut pas jouer au plus fin avec moi, mon bonhomme! C'est pas la peine! on sait tout! Ah! je m'en doute bien que ça vous embête! Si j'avais un garnement de fils qui m'escamote comme ça cinq cent mille francs, je crois que je lui tordrais le cou! Mais ça ne sert à rien de se chavirer, et vous regagnerez facilement ça, vieux coquin!

Il rit encore et se renversa dans son fauteuil.

L'entrepreneur, livide, venait de se redresser sur son lit. Maintenant, il commençait à comprendre. Il répéta, la gorge sèche :

— Gaétan! C'est lui qui m'a volé?

— Dame! c'est pas moi, peut-être.

Narcisse retomba sur ses oreillers comme une masse.

Alors, Jacquot, dégrisé tout à coup, eut peur. Il appela au secours. Le valet de chambre accourut, criant lui-même tant qu'il pouvait.

Simone, du jardin où Marceline et Coralie étaient venues la chercher, entendit les clameurs. Elle se précipita, trouva son père étendu sans vie et le crut mort.

Il y eut une scène indescriptible.

— Tonnerre de chien! dit Jacquot entre ses dents, faut-il qu'il soit bête, cet animal-là!

Coralie le tira par sa manche.

— Allons-nous-en, lui dit-elle de mauvaise humeur. Tu avais bien besoin de venir ici! Encore une gaffe à ton actif!

Comme le père et la fille descendaient l'escalier en se disputant tous les deux, ils rencontrèrent la religieuse qui remontait au plus vite.

— C'est complet! gouailla le tribun. L'imbécile se fait soigner par une nonne, à présent!

La « nonne », épouvantée, s'élançait vers le lit de son malade.

— Mon Dieu! s'écria-t-elle. Vite! Simone, le médecin, le curé! c'est le tétanos! Votre père se meurt!

Simone, affolée, répéta les ordres. Elle commanda l'auto pour aller chercher le docteur en hâte. Elle expédia un homme au presbytère, sans seulement savoir ce qu'elle faisait. A ce moment-là, elle ne raisonnait plus.

Quand l'abbé Laurent arriva, suivi d'un acolyte qu'elle ne reconnut point, elle ne s'étonna pas de le voir.

Sœur Agnès avait promptement dressé un petit autel près du lit, avec un beau crucifix ancien et deux vieux flambeaux de bronze empruntés à la chapelle.

Le prêtre s'approcha du moribond, l'exhorta, l'administra. Narcisse avait-il encore sa connaissance? Mystère.

Simone sanglotait, agenouillée dans un coin.

Quand le curé se retira, seulement elle se releva pour le saluer. Et alors, ses regards venant à tomber sur le jeune homme qui le suivait, elle reconnut que c'était Henri Guiscard. Sans un mot, elle lui tendit la main.

XV

L'usurpateur, absous par la main paternelle de l'Eglise, dormait son dernier sommeil sur son lit bien blanc, au fond de son alcôve, dans sa belle chambre de l'abbaye.

Deux humbles femmes du village le veillaient.

Simone, accablée d'affaires, n'avait pas encore eu le temps de remplir ce triste devoir. Depuis le point du jour en conférence avec Jeoffre, elle s'occupait de ces pénibles formalités qui ajoutent, s'il se peut, à la douleur causée par la mort des êtres les plus chers. Simone restait seule en face d'une situation très claire, mais prodigieusement lourde. Son frère devait être sur le paquebot qui l'emmenait en Amérique. Elle n'avait plus de grands-parents, pas d'oncles, pas de tantes, rien que des cousins éloignés en province. Ses relations d'amitié étaient restreintes et bien banales. Nul ne pouvait l'aider.

Jeoffre, assez mollement, du reste, s'était permis une allusion au désir exprimé par la Loge dont Narcisse faisait partie, de s'emparer de son corps, en vue de cette cérémonie macabre que les paysans de Lorraine appellent si énergiquement *un encroûtement civil.*

Mais Simone l'avait fait taire.

— J'en ai assez de ces gens-là, lui avait-elle déclaré catégoriquement. Ils nous ont trop mal réussi. D'abord, si mon pauvre papa n'avait point suivi leurs conseils et acheté cette abbaye de malheur, il serait encore de ce monde. Ensuite, ce sont eux qui ont entraîné Gaëtan jusqu'au crime le plus odieux. Enfin, c'est un de leurs grands chefs, Jacquot, qui a porté le dernier coup de la mort à mon pauvre papa.

— Va donc pour un enterrement religieux, répondit Jeoffre avec indifférence. Du reste, puisque le patron a reçu le curé, ça se comprend. Et puis, dans le fond, ajouta-t-il, moi aussi [illegible] mieux ça. On n'est pas dévot, mais si on devait changer son fusil d'épaule, on ne serait pas fâché non plus que le curé vous donne un coup de main!

Il fut donc convenu que Jeoffre se rendrait au presbytère pour convenir de la cérémonie avec l'abbé Laurent.

— Et les lettres de faire part? demanda le contremaître.

— Voulez-vous dire les lettres d'invitation à l'enterrement?

— [illegible] sûr! ce sont les premières à envoyer.

— [illegible] Jeoffre, je n'en enverrai pas!

— [illegible] pas possible!

— Je vous demande pardon! Tous ces gens que je connais à Paris me font horreur, je ne veux plus les voir, entendez-vous! Je ne veux plus rien avoir de commun avec eux! Quant aux gens du village, la coutume est, je crois, de les faire prévenir par un bonhomme quelconque ; veuillez vous en occuper, je vous prie.

— Elle devient folle! pensa le contremaître. Ce n'est pas très surprenant, du reste!

Non, elle n'était pas folle, mais l'évolution commencée s'accomplissait en elle, maintenant, avec une rapidité foudroyante. Ses yeux se dessillaient; elle voyait clair. Ce n'était pas encore, toutefois, la lumière éclatante du jour, mais la lueur blanchissante de l'aube, infaillible annonciatrice du soleil.

La fille de l'usurpateur ne le savait pas. Mais, tandis qu'elle se défendait ainsi, de plus en plus faiblement, contre « l'ange du Seigneur », de saintes âmes ne cessaient point de prier pour elle ; tous les Guiscard d'abord, et puis l'abbé Laurent, la Sœur Agnès, d'autres encore dans le pays.

Car une révolution s'était opérée en faveur de Simone : ceux qui lui jetaient la pierre jadis la portaient aux nues maintenant. Sa démarche héroïque pour sauver les Guiscard, son appel au prêtre pour absoudre son père mourant, sa franche acceptation de toutes les cérémonies de l'Eglise lui avaient conquis les cœurs de ses plus hargneux voisins.

La foule se portait à l'abbaye pour « jeter de l'eau bénite sur le mort ». Peut-être y avait-il un peu de curiosité dans cette affluence, mais il y avait de l'intérêt aussi pour l'orpheline. Beaucoup de bonnes femmes qui ne lui avaient jamais parlé la demandèrent pour lui serrer la main ; quelques-unes, les plus vieilles, l'embrassaient. Et l'orgueilleuse Simone, toujours en garde contre les politesses du monde, se laissait faire patiemment par ces humbles.

Jeoffre, en rentrant de toutes ses corvées, le soir, lui apprit que les fonctionnaires de la ville se montraient fort irrités d'être tenus par elle à l'écart.

— Ces Messieurs ont dit que si on ne les invitait pas officiellement, ils ne se rendraient pas aux obsèques, et que si ça se faisait à l'église, on ne les y verrait pas.

— Tant mieux, répondit tranquillement la fille de Narcisse ; j'en serai débarrassée.

Sœur Agnès devait rester à l'abbaye jusqu'au moment de la cérémonie funèbre. Elle avait proposé à Simone de veiller avec elle toute la soirée. Deux religieuses de la ville viendraient les relever à minuit.

Il était environ 9 heures du soir, et Simone, sortant de sa chambre, se dirigeait vers celle de son père lorsqu'elle rencontra, sur le palier, une femme inconnue et vêtue de noir dont la physionomie intelligente et distinguée lui en rappela instantanément une autre : celle d'Henri Guiscard.

Cette femme s'arrêta devant elle, et, sans prononcer une parole inutile, d'un geste spontané et charmant, elle lui ouvrit les bras. Et Simone, irrésistiblement, se jeta sur son cœur.

Elles furent trois pour veiller Narcisse. D'étranges réflexions assaillaient sa fille. Elle se revoyait dans un passé lointain et pourtant si proche, arrivant triomphalement à l'abbaye, ainsi qu'une jeune souveraine, et narguant l'ombre des moines, et installant un tennis sur leurs tombes. Que de chemin parcouru depuis lors! Mais c'était un chemin de croix.

Et maintenant, elle restait là toute seule. Plus personne des siens autour d'elle. Son frère? Mieux valait ne plus prononcer son nom. N'était-ce pas le nom d'un parricide? Un frisson d'horreur la secoua. Son père? Voilà ce qu'il en restait! Seule! toute seule! Oh! l'angoissante, l'effroyable impression! Sa tête semblait lui tourner dans le vide ; son cœur, un instant, lui parut cesser de battre.

Mais en rouvrant les yeux, soudain, elle vit devant elle, auprès du lit mortuaire, ce vieux Christ de vermeil, apporté là par Sœur Agnès. Sous la flamme des cierges, un éclair en jaillissait. Simone le regarda. Ses yeux noyés de larmes bientôt ne purent plus s'en détacher ; ses mains se joignirent d'elles-mêmes, et ses lèvres, sans effort, murmurèrent les paroles tombées jadis des lèvres de sa mère mourante :

— Jésus, ayez pitié de moi! Jésus, faites-moi miséricorde!

Alors elle glissa sur les genoux et pria si longtemps, que la Sœur, la croyant malade, s'approcha d'elle pour la relever.

On célébra les obsèques de Narcisse Liégaut le lendemain, à l'église paroissiale du village. Il n'y eut ni fleurs ni couronnes, encore moins de discours. Les « frères et amis » s'étaient abstenus, naturellement, mais une foule recueillie et compacte n'en remplissait pas moins le modeste édifice. À défaut de parents, Jeoffre, le contremaître fidèle du défunt, conduisait le deuil, et ce fut lui qui, après la cérémonie funèbre, accompagna le corps au cimetière Montmartre, où se trouvait le caveau de famille.

Au milieu de l'agitation qui accompagne toujours pareille cérémonie, personne, pas même Sœur Agnès, ne s'était aperçu de l'état inquiétant de Simone. Elle avait eu la fièvre toute la nuit sans rien dire. Elle s'était levée avec un mal de tête atroce, et il lui avait fallu un effort héroïque de volonté pour suivre à l'église la dépouille mortelle de son père.

Elle avait annoncé, la veille, son intention de rentrer à Paris le soir même de l'enterrement, pour s'occuper aussitôt du règlement de sa situation avec les hommes d'affaires de Narcisse. Gaétan, sans nul doute, s'empresserait d'envoyer sa procuration à Paris. Simone voulait l'abbaye dans sa part, non pour l'habiter, oh! non, mais pour une destination qu'elle n'avait encore révélée à personne.

Mais la Providence décida autrement des projets de la jeune fille.

Au moment où Simone descendait de son auto, avec la religieuse, à la porte de l'abbaye, en revenant de l'église, elle fut prise d'un étourdissement et serait tombée si Sœur Agnès ne l'avait retenue dans ses bras. Deux domestiques accoururent, enlevèrent la jeune fille et la transportèrent dans sa chambre, sur sa chaise longue.

On crut d'abord à une indisposition banale, facilement explicable par le chagrin et la fatigue, mais la température de la malade monta dans des proportions inquiétantes, et le délire ne tarda pas à se manifester sous la forme la plus tragique.

Simone jetait des cris, appelait son père au secours, suppliait les moines de ne pas la précipiter dans l'enfer.

La pauvre Sœur Agnès, extrêmement effrayée, envoya chercher le Dr Pascal au plus vite. Mais l'excellent homme, toujours si dévoué, devait être en tournée fort loin, car l'après-midi s'écoula sans qu'on reçût sa visite.

Cependant, la nouvelle de la maladie soudaine de Simone s'était répandue dans le village avec une rapidité foudroyante. Déjà le mot sinistre de méningite courait de bouche en bouche.

Mme Guiscard, surprise et peinée à la fois, se dirigea aussitôt vers l'abbaye. Elle venait de voir la jeune fille assister avec beaucoup de recueillement à l'enterrement de son père, et ne pouvait croire qu'elle fût tombée si vite dans un état si grave. Sans doute exagérait-on. Peut-être, néanmoins, serait-elle d'un secours quelconque. Et cette pensée charitable la faisait se hâter tant qu'elle pouvait.

Les portes de l'abbaye étaient ouvertes ; la domesticité semblait avoir perdu la tête.

— Ah! Madame! s'écria la grosse cuisinière, en apercevant la veuve, c'est le bon Dieu qui vous envoie! Nous ne savons plus que devenir! Notre pauvre demoiselle est perdue!

Et, précédant la visiteuse, elle l'assourdit de ses lamentations tout le long de l'escalier.

— Tenez! l'entendez-vous? N'est-ce pas affreux?

Mme Guiscard s'arrêta, oppressée, dans l'antichambre de la jeune fille. Les clameurs de Simone arrivaient jusque-là, aiguës et déchirantes.

— Emmenez-moi d'ici! Emmenez-moi! Je ne puis plus y durer! J'y brûle! Oh! pourquoi m'y laissez-vous mourir!

Mme Guiscard n'hésita pas une seconde. Elle ouvrit la porte de la chambre, marcha résolument vers la malade, et lui dit avec un air de tranquille autorité qui l'apaisa soudain :

— Je viens vous chercher, mon enfant ; je ne veux plus que vous restiez ici. Vous allez venir chez moi.

Simone la regarda fixement de ses grands yeux hagards.

— Vous êtes *leur* mère, n'est-ce pas? Je vous reconnais bien! Est-ce qu'il m'a pardonné, le vieux moine?

— Depuis longtemps! Allons! dépêchez-vous de sortir de [illegible]re lit!

La [illegible], enchantée de la diversion, les servantes s'empressaient autour de la malade. On la revêtit d'un peignoir ; on la roula dans des couvertures ; on l'emporta au fond de l'auto. Elle était retombée en syncope.

Mais, dès qu'elle fut installée chez Mme Guiscard, dans une jolie chambrette près de la sienne, aussitôt sa fièvre tomba, et [illegible] de torpeur l'envahit.

[illegible] le Dr Pascal survint finalement à 8 heures du soir :

— [illegible] sauvé la vie à cette pauvre fille, dit-il avec [illegible]ve. Elle avait l'esprit trop frappé pour rester [illegible] dans l'état nerveux où elle se trouvait. Et une [illegible] une nature aussi impressionnable, et après de pareils bouleversements, ne pouvait pas manquer d'être mortelle.

— Croyez-vous vraiment qu'elle ne court plus aucun danger?

— Je l'espère. Il ne doit plus lui falloir que beaucoup de calme, et un peu d'affection, ajouta le brave homme en souriant.

— Ah! s'écria chaleureusement Mme Guiscard, ni l'un ni l'autre ne lui feront défaut chez moi!

Cette excellente femme se relaya la nuit avec Sœur Agnès, pour veiller la jeune fille. Mais Simone sommeilla presque tout le temps et ne leur donna pas beaucoup de mal.

Vers les 4 h. 1/2 du matin, la religieuse étant de garde, Dom Guiscard entra dans la chambre avant de se rendre à l'église pour y célébrer la sainte Messe. Le vieillard s'approcha du lit de la malade, afin de la bénir.

Avertie, sans doute, par une télépathie mystérieuse, la jeune fille ouvrit les yeux, se souleva sur un coude et joignit les mains avec un sourire d'extase :

— C'est donc vrai, murmura-t-elle. Je ne l'ai point rêvé que les moines se faisaient mes protecteurs, maintenant?

— Oui, mon enfant, vos protecteurs dans le ciel, et sur terre vos amis, répondit paternellement le vieillard, en traçant avec son pouce un signe de croix sur le front de la malade.

On eût dit que ce geste achevait de dissiper les brumes qui obscurcissaient encore le cerveau troublé de Simone.

Quand le religieux fut ressorti, elle appela Sœur Agnès pour lui demander avec étonnement :

— Où suis-je donc? N'ai-je pas vu Mme Guiscard autour de moi, cette nuit?

— Vous l'avez vue, ma chère enfant, parce que vous êtes chez elle.

— C'est donc vous qui m'y avez amenée?

— C'est elle-même qui est venue vous chercher, hier soir, à l'abbaye, quand vous nous avez fait cette belle peur, avec votre gros accès de fièvre et de délire.

— Hier, seulement? fit Simone avec surprise. Il me semble que je suis ici depuis un mois. Mais je m'y sens très bien, ajouta-t-elle en souriant.

Le docteur la trouva beaucoup mieux, mais lui recommanda

le repos le plus absolu, en sorte qu'elle ne vit encore, ce jour-là, que sa bonne hôtesse et la chère Sœur.

Ayant eu la permission de se lever quelques instants, le lendemain, elle demanda anxieusement Dom Guiscard, pour le consulter sur un projet qu'elle avait conçu dès la mort de son père, disait-elle.

Et, aussitôt que le vieillard eut accédé à son désir, devant la religieuse et la veuve, Simone se mit à parler de l'abbaye, objet de ses préoccupations constantes.

— Vous pensez bien que je ne veux plus l'habiter pour mon compte. Mais je ne veux pas non plus la vendre à personne. Alors, ne pouvant pas, malheureusement, la restituer à ses possesseurs légitimes, les moines de Saint-Benoît, j'ai pensé que le mieux serait d'y installer un hospice.....

— Un hospice! répétèrent en même temps les deux femmes.

— Oui, en mémoire de mon pauvre père, un hospice en faveur des ouvriers « du bâtiment », invalides ou infirmes.

— Et c'est vous qui avez eu cette idée-là, mon enfant? demanda Dom Guiscard, attendri.

Elle rougit un peu.

— J'ai pensé, reprit-elle à voix plus basse, que ce serait une manière d'expiation, la seule en notre pouvoir.....

— Et vous avez bien pensé, ma fille.

— Mais, suggéra Mme Guiscard, vous serez obligée, pour cela, de détruire tout ce que vous veniez d'édifier à si grands frais?

— Qu'importe! répliqua Simone, puisque cela ne peut plus servir ainsi.

Et alors, emportée par son sujet, elle exposa en détail tout son plan, avec une netteté professionnelle stupéfiante chez une jeune fille. Habituée, d'une part, à voir démolir et bâtir continuellement, d'autre part, à jongler avec les billets de banque, Simone trouvait simple et facile ce qui aurait fait reculer les « hommes d'œuvres » les plus hardis.

— Nous commencerons par rendre la chapelle au culte. Cela se peut, n'est-ce pas, mon Révérend Père?

— Oui, avec la permission de l'évêque. D'ailleurs, vous le savez, il vous faudra son autorisation spéciale, même pour fonder votre hospice dans un bien d'Eglise.

— Vous me direz ce que je dois faire, je le ferai, répondit-elle humblement.

Mme Guiscard se pencha pour embrasser tendrement la jeune fille.

— Chère petite! murmura-t-elle, vous resterez alors avec nous tant que dureront vos travaux! C'est entendu, n'est-ce pas!

— Oh! Madame!

— Si, si, je le veux, nous le voulons tous. Ne craignez pas d'abuser. Jamais nous n'acquitterons notre dette envers vous!

La voix de la mère tremblait.

Simone se blottit entre les bras affectueux, et, comme elle était encore bien faible, elle fondit en larmes.

. . . .

Simone est depuis six semaines chez les Guiscard. Sœur Agnès l'a quittée pour voler au secours de nouvelles infortunes. Sa santé est parfaitement remise. Elle est redevenue alerte et active. Entre la liquidation de la succession de son père et la transformation de l'abbaye en hospice, la jeune fille n'a pas une minute à perdre. Gaétan a envoyé, de Londres, sa procuration en règle. Il aurait pu revenir toucher lui-même sa part. Il ne l'a pas voulu, et sa sœur en est bien aise. La « Société des Constructions populaires » a été remboursée intégralement. Mais Jacquot, le président de la « Société », boude la fille de Narcisse « parce qu'elle a tourné casaque ».

La convertie n'en a cure. Elle met autant d'ardeur à détruire son œuvre de Pontarmé qu'elle en avait mis naguère à l'édifier sur les dépouilles des moines. Déjà un autel, délicatement sculpté, se dresse dans le chœur de la chapelle. Simone l'a fait orner de cette antique statue de la Madone qu'elle aime tant. Notre-Dame a repris possession de son abbaye. Les voûtes profanées retentiront encore des chants liturgiques de l'Église. Bientôt les invalides et les infirmes « du bâtiment » pourront venir se reposer sous les fraîches colonnades du cloître. Mais un calvaire se dresse maintenant au centre du préau, marquant la place où reposent tant de corps saints, en attendant la « résurrection de la chair ».

Et une autre œuvre, pendant ce temps-là, se poursuit, plus profonde et plus intime : la conversion de Simone. Jamais ses hôtes ne la prêchent. Mais l'exemple constant, l'atmosphère ambiante agissant, elle s'est confessée. Elle assiste à la messe tous les matins.

Le Père Maître l'impressionne encore un peu. Henri la déroute. Elle ne peut pas comprendre l'attrait de ce si jeune homme, et si charmant, pour la vie cachée du cloître. Mais une sympathie invincible et croissante la rapproche tous les jours davantage de Robert. Elle n'ose pas s'avouer que cette amitié-là ressemble de bien près à l'amour. Elle ne veut pas troubler les délicieuses minutes qui lui restent à vivre là, près de lui.

Car le temps passe. La séparation approche. Simone doit rentrer à Paris pour l'hiver. Et le lieutenant Guiscard, son congé de convalescence expiré, vient d'être affecté à l'un des régiments de « légère » des environs.

Lui, ose s'avouer qu'il l'aime. Il n'oublie pas ce qu'il lui doit. Et tant d'épreuves, tant de courage et d'abnégation, tant de charmes aussi l'ont touché. Elle n'est plus trop riche maintenant. Sa « fondation » de Pontarmé vient d'engloutir les deux tiers de sa fortune. Ils sont presque égaux sous ce rapport-là.

Et, sous tous les autres, ne sont-ils pas bien assortis, vraiment?

Dom Guiscard et sa nièce, bien installés dans la vérandah de la maison, regardent Robert et Simone, ce soir-là, comme ils se promènent côte à côte dans les allées du jardin, où le soleil automnal verse ses derniers feux.

Tous les deux sourient.

— A quoi pensez-vous, mon oncle? demande doucement la veuve au vieillard.

— Ma nièce, répond le moine, je pense que le bon Dieu n'a pas dû mettre inutilement cette charmante enfant sur notre route. Bientôt je serai dans la tombe, et votre fils en exil. Ne serait-elle pas, pour vous, une très aimable fille, et l'épouse rêvée pour l'héritier de notre nom?

FIN

Voir page 128 la liste des romans à paraître jusqu'en décembre 1914.

Les Romans populaires à 20 centimes

A paraître

Le 1er août — N° 42

Le Prix du Silence

par JEAN DE BELCAYRE

Le 1er septembre — N° 43

La Rançon du Bonheur

par PIERRE DU CHATEAU

Le 1er octobre — N° 44

L'Entrée de la Nuit

par JEAN GUY

Le 1er novembre — N° 45

La Ferme-Fleurie

par M. LE MIÈRE

Le 1er décembre — N° 46

Le Jardin des Perles

par M. ROUSSEAU

588-14. — Imprimerie P. Feron-Vrau, 3 et 5, rue Bayard, Paris, VIIIe.

Imp. Paul Feron-Vrau
3 et 5, rue Bayard
PARIS

www.ingramcontent.com/pod-product-compliance
Ingram Content Group UK Ltd.
Pitfield, Milton Keynes, MK11 3LW, UK
UKHW021540260726
13993UKWH00002B/562

9 782019 931841